LES AVENTURES

DE

CALEB WILLIAMS.

TOME II.

LES AVENTURES

DE

CALEB WILLIAMS,

OU

LES CHOSES COMME ELLES SONT,

Par W. GODWIN;

Traduites de l'anglais sur l'édition derniérement
publiée par l'Auteur, avec des changemens et
corrections.

Amidst the woods, the Leopard knows his kind;
The Tyger preys not on the Tyger brood.
Man only is the common foe of man.

Le Léopard, au fond des bois, respecte son semblable;
le Tigre n'a pas soif du sang du Tigre; l'homme seul est
l'ennemi naturel de l'homme.

TOME SECOND.

A PARIS,

CHEZ Mme Ve AGASSE, IMPRIMEUR-LIBRAIRE,
RUE DES POITEVINS, N°. 6.

1813.

FAUTES ESSENTIELLES A CORRIGER.

TOME II.

Page 134, *ligne* 9, fût, *lisez :* sût.

Page 251, *ligne* 1re, mon objet était tout-à-fait sourd, *lisez :* mon objet était de me rendre tout-à-fait sourd.

Page 267, *ligne* 18, sarcastique, *lisez :* moqueur.

Page 278, *ligne* 11, et mon apologie, *lisez :* et non mon apologie.

TOME III.

Page 108, *ligne* 7, prolonger, *lisez :* plonger.

Page 224, *ligne* 19, infamie, *lisez :* insomnie.

Page 277, *ligne* 8, la précipitation, *lisez :* dans la précipitation.

LES AVENTURES

DE

CALEB WILLIAMS.

CHAPITRE PREMIER.

J'AI rapporté le récit qui m'a été fait par M. Collins, en y mêlant seulement quelques éclaircissemens que j'ai été à portée de recueillir ; j'y ai mis toute l'exactitude que m'a pu fournir ma mémoire aidée de plusieurs notes que j'ai prises dans le temps même. Je ne prétends garantir l'authenticité de ces mémoires que pour ce qui est venu directement à ma propre connaissance ; et quant à ceci, je le rapporterai avec autant de candeur et de fidélité, que si

j'avais à plaider devant un juge souverain, pour tout ce que j'ai de plus cher
au monde. Je n'ai pas voulu, par les
mêmes motifs, changer la moindre chose
au style de M. Collins, ni rien faire pour
donner à son récit le ton qu'eût pu me
suggérer mon goût personnel. On pourra
bientôt s'apercevoir combien ce récit est
essentiel pour jeter du jour sur ma propre histoire.

L'intention de mon ami, en me faisant cette confidence, avait été de me
soulager; mais dans le fait, il ne fit qu'a-
jouter à l'embarras de ma position. Jusques-là je n'avais eu aucune relation
avec le monde et avec ses passions; et
quoique je les connusse un peu telles
qu'elles sont dépeintes dans les livres,
je sentais que cette connaissance m'était
d'un bien faible secours quand je me
trouvais en présence avec elles. Le sujet
de ces passions placé continuellement
sous mes yeux, des événemens qui étaient
arrivés hier, pour ainsi dire, dans le

lieu même que j'habitais ; c'était une toute autre nature de choses. Il y avait dans le récit que je venais d'entendre, une marche suivie et progressive qui n'avait pas le moindre rapport avec tous les petits incidens de village dont j'avais été témoin jusques alors. Je m'étais senti successivement intéressé pour les diffé- rens personnages qui avaient paru sur la scène. J'éprouvais de la vénération pour M. Clare ; j'applaudissais à la noble in- trépidité de madame Hammond. J'étais frappé d'étonnement qu'il eût existé une créature humaine aussi monstrueuse- ment perverse que M. Tyrrel. Je ne pus refuser un tribut de larmes à la mémoire de l'innocente miss Melville. Enfin, je trouvais mille nouveaux motifs d'aimer et d'admirer mon maître.

Dans le premier moment, je ne fis que considérer chacun des événemens de cette histoire, du côté le plus simple et le plus apparent. Mais cette histoire ne sortait pas un instant de ma pensée, et je mettais un dégré d'intérêt particulier à la bien comprendre dans toute son étendue, et dans chacune de ses parties. Je la tournai et retournai mille fois dans ma tête en l'examinant sur toutes les faces imaginables. Dans la première communication qui m'en avait été donnée, elle m'avait paru suffisamment claire et satisfaisante; mais à mesure que je la méditais, j'y découvrais successivement de l'obscurité et du mystère. Le caractère d'Hawkins avait quelque chose de bien étrange. Si ferme, si inébranlable dans ses principes de justice et d'honnêteté, comme il s'était montré d'abord, et tout d'un coup devenir un assassin! Comme sa première conduite, pendant sa persécution, était faite pour prévenir fortement en sa faveur! Certes, s'il était coupable, c'était une grande cruauté de sa part de laisser subir un jugement pour son crime, à un homme aussi respectable que M. Falkland. Avec cela, il m'était impossible de ne pas plaindre

amèrement le sort de cet honnête paysan,
traîné de fait à l'échafaud par l'effet des
machinations diaboliques de cet infer-
nal Tyrrel. Et son fils! ce fils pour l'a-
mour duquel il avait sacrifié tout ce
qu'il avait au monde, expirer avec lui
au même gibet! Certainement, on ne
pouvait rien imaginer de plus capable
d'émouvoir.

Après tout, n'était-il pas possible que
ce fût M. Falkland lui-même qui fût
l'assassin! Le lecteur aura peine à croire
qu'il me passa par la tête l'idée de lui en
faire la question à lui-même. Ce ne fut
qu'une idée fugitive, mais elle peut servir comme une preuve de la simplicité
de mon caractère. Ensuite revenaient à
ma pensée toutes les vertus de mon maître, presque trop élevées, trop sublimes
pour la nature humaine; ses souffrances si inouïes, si peu méritées; je me
grondais moi-même d'avoir pu conce-
voir un tel soupçon. L'aveu que Hawkins avait fait en mourant, se repré-

sentait alors à mon souvenir, et je sentais qu'il n'y avait plus moyen d'entretenir un doute. Mais cependant, que signifiaient ces terreurs, ces angoisses de M. Falkland? Enfin, cette idée ayant une fois frappé mon esprit, elle y resta fixée pour jamais. Mes pensées flottaient de conjecture en conjecture, mais c'était là le centre autour duquel elles tournaient et revenaient sans cesse. Je me déterminai à observer mon maître, et à m'attacher à tous ses mouvemens.

Aussitôt que je me fus donné cet emploi, j'y trouvai une sorte de plaisir fort étrange. Nous trouvons toujours des charmes à faire ce qui est défendu, parce que nous sentons confusément que la défense renferme en soi quelque chose d'arbitraire et de tyrannique. Me faire l'espion de M. Falkland! Le danger que présentait un pareil office ne servit qu'à y ajouter encore plus d'attrait et de piquant. Je me rappelais la sévère réprimande que j'avais reçue;

son air terrible et menaçant ; et ce souvenir me causait une sorte de palpita-
tion qui n'était pas sans quelque jouis-
sance. Plus j'allais, plus l'attrait de cette
sensation devenait insurmontable. Je
m'imaginais me voir à tout moment sur
le point d'être surpris et contreminé dans
mon projet, et à tout moment réveillé
par la nécessité de me tenir sur mes
gardes. Plus M. Falkland était déterminé
à être impénétrable, plus ma curiosité
devenait irrésistible. Au total, j'éprouvais bien quelques inquiétudes sur les
dangers personnels auxquels je m'ex-
posais, mais j'étais guidé par tant de
franchise et de simplicité, j'avais si bien
la conscience de ne pas chercher à faire
du mal, que j'étais toujours tout prêt à
dire ce que j'avais dans l'ame, et que
je n'aurais jamais pu me persuader que
s'il eût été question de juger ma conduite, personne pût sérieusement m'en
vouloir.

Ces réflexions m'amenèrent par dégrés

à une situation d'esprit nouvelle. Dans le commencement de mon séjour dans la maison de M. Falkland, la nouveauté du théâtre où je me voyais transporté m'avait rendu discret et attentif. La manière réservée et imposante de mon maître avait presque anéanti ma gaîté naturelle. Mais par dégrés je m'accoutumai à ma nouvelle condition, et insensiblement je secouai une partie de ma contrainte. L'histoire que je venais d'entendre et la curiosité qu'elle avait excitée en moi, me rendirent mon activité, ma hardiesse, ma vivacité. J'avais toujours senti un penchant à communiquer mes pensées; naturellement mon âge m'entraînait à parler; enfin je me hasardai de temps en temps à essayer quelques questions, comme pour voir si je pourrais en venir par ce moyen jusqu'à exprimer mes sentimens en présence de M. Falkland.

Au premier essai que je fis en ce genre, il me regarda avec un air de

surprise, ne me répondit rien, et prit
aussitôt un prétexte pour me laisser.
Bientôt après je répétai mon expérience.
Mon maître paraissait à demi-porté à
m'encourager, et pourtant encore in-
certain s'il oserait s'aventurer jusques-là.
Depuis long-temps il était étranger à
toute espèce de dissipation, et mes remarques naïves semblaient lui pro-
mettre de l'amusement. Quel danger
pouvait avoir un amusement de ce
genre? Dans cet état d'incertitude il lui
aurait été impossible de trouver dans
son cœur la force de réprimer avec sévérité les innocentes effusions du mien.
Il fallait bien peu pour m'encourager;
mon ame agitée ne cherchait qu'à s'ouvrir. Ma simplicité était l'effet de ma
parfaite ignorance du monde; mais mon
esprit cultivé par la lecture n'était pas
sans acquit ni sans talent. Aussi mes remarques avaient toujours quelque chose
à quoi on ne s'attendait point; elles annonçait tantôt une extrême ignorance,

I *

tantôt de la sagacité et de la finesse,
mais toujours de la candeur, de la franchise et du courage. Elles avaient l'air
d'être faites innocemment et sans dessein:
et cela même après que la curiosité
m'eût excité à comparer mes observations et à en étudier les conséquences,
car un projet tout nouvellement conçu
et à peine encore mûr, ne pouvait pas
changer en moi ces manières naturelles
et l'effet d'une longue habitude. La situation de M. Falkland était celle d'un
poisson qui se joue avec l'amorce préparée pour le prendre. Ma façon d'agir
l'encourageait à un certain point à mettre
de côté sa réserve habituelle, et à se relâcher un peu de sa dignité; mais bientôt une observation ou une question imprévue lui donnait l'alarme et le rap-
pelait à lui-même. Il était toujours bien
évident qu'il portait au fond de l'ame
une secrette blessure. Toutes les fois
qu'il m'arrivait de toucher à la cause de
ses chagrins, même de la manière la

plus indirecte et la plus éloignée, aussitôt son visage s'altérait; tous les symptômes de sa maladie reparaissaient, et
c'était avec la plus grande peine qu'il
venait à bout de surmonter son émotion. Tantôt il faisait un effort pénible
sur lui-même pour se vaincre, tantôt il
tombait dans un accès de démence furieuse, et courait s'ensevelir dans la solitude. Souvent je me sentis porté à in-
terpréter ces apparences comme autant
d'indices propres à fonder mes soupçons, quoiqu'avec autant de probabilité et plus de bienveillance, j'aurais
aussi bien pu les attribuer aux cruelles
mortifications qu'il avait eues à essuyer
sur l'objet exclusif de son ambition.
M. Collins m'avait fortement engagé au
secret; et M. Falkland, toutes les fois
que mon geste ou l'émotion de son ame
lui faisait naître l'idée que j'en savais
plus que je ne disais, me lançait un
coup-d'œil perçant et plein d'effroi,
comme pour deviner jusques à quel

point j'étais instruit, et comment j'avais
pu l'être. Mais dès notre première entrevue, mes manières vives et franches
lui rendaient la tranquillité, effaçaient
l'émotion que j'avais causée, et nous
remettaient l'un vis-à-vis de l'autre dans
la première situation. Plus cette innocente familiarité avait duré de temps,
plus il aurait fallu d'efforts pour la sup-
primer; et M. Falkland n'aurait voulu
ni me mortifier par une injonction sévère de me taire, ni paraître donner à
mes paroles l'importance qu'une pareille
injonction aurait pu faire supposer.
Quelque pressé que je fusse par la curiosité, il ne faut pas croire que l'objet
de mes recherches fût toujours présent
à mon esprit, ou que mes questions et
mes remarques fussent dirigées avec
toute l'habileté d'un vieil inquisiteur
blanchi dans le métier. La plaie secrette qui rongeait l'ame de M. Falkland
était plus constamment présente à sa
pensée qu'à la mienne; et je l'ai vu mille

fois, sur des remarques qui survenaient
dans nos conversations , faire des applications à lui-même , que je n'avais
pas moi-même la moindre idée de faire,
et dont je n'étais averti que par l'alté-
ration soudaine de sa figure. D'un autre
côté, Monsieur Falkland sentait jusques
à quel point sa sensibilité malade pouvait influer sur son imagination , et
vraisemblablement pour s'assurer si ces
applications n'étaient pas un effet de sa
propre prévention , il cherchait à revenir à la charge , et l'idée qui se présentait souvent à lui de mettre fin à la
liberté de mes conversations , lui faisait
éprouver , par cette raison , une sorte
de honte.

Je citerai un seul exemple de nos
conversations , et comme je le choisis
dans celles qui commençaient sur les
matières les plus générales et les plus
indifférentes, il sera facile au lecteur
de se faire une idée de l'agitation et du
trouble qu'endurait presque à toute

heure une ame aussi alarmée et aussi cruellement susceptible que celle de mon maître.

« Je vous prie, monsieur, » lui dis-je un jour que je l'aidais à mettre en ordre quelques papiers avant de les transcrire dans sa collection, « dites-moi, com-
» ment Alexandre de Macédoine en
» vint-il à être surnommé le Grand ?»

— « Comment il en vint la ! est-ce
» que vous n'avez jamais lu son his-
» toire ? »

— « Pardonnez-moi, monsieur. »

— « Hé bien, Williams, est-ce que
» vous n'y avez pas vu la raison de ce
» que vous me demandez ?»

— « Point du tout. J'y trouve bien
» des raisons pour l'appeler fameux ;
» mais tous les hommes dont on parle
» beaucoup ne sont pas pour cela à ad-
» mirer. On a porté des jugemens fort
» différens sur le mérite d'Alexandre.
» Le docteur Prideaux dit dans son *His-*
» *toire des Juifs*, qu'il mérite seulement

» d'être surnommé le grand égorgeur ;
» et l'auteur de *Tom-Jones* a fait un
» livre pour prouver que lui et tous les
» autres conquérans devraient être mis
» dans la même classe que Jonathan
» Wild. »

M. Falkland ne put s'empêcher de
rougir à mes citations.

— « Quel blasphême! Ces auteurs se
» sont-ils imaginés que le cynisme gros-
» sier de leur censure viendrait à bout de
» détruire une renommée aussi juste-
» ment acquise? Comment avec du sa-
» voir, de la sensibilité, du goût, n'avoir
» pu se garantir d'une erreur aussi vul-
» gaire? Dites-moi, Williams, avez-vous
» jamais dans vos lectures trouvé de hé-
» ros plus vaillant, plus noble, plus gé-
» néreux? Jamais mortel a-t-il été plus
» parfaitement opposé à tout ce qui est
» égoïsme et sentiment personnel? Il se
» fit à lui-même une image sublime de
» la véritable grandeur, et il mit toute
» son ambition à réaliser cette image

» par sa propre vie. Voyez-le donnant
» tout ce qu'il possédait, quand il par-
» tit pour sa grande expédition, et ne
» se réservant autre chose, disait-il,
» que l'espérance. Rappelez-vous sa con-
» fiance héroïque dans Philippe, son
» médecin ; son amitié inaltérable et sans
» réserve pour Ephestion. Il traita la
» famille captive de Darius avec la plus
» douce affabilité, et la vénérable Sy-
» sigambis avec tous les égards et la
» tendresse d'un fils envers sa mère. Sur
» un pareil sujet, Williams, ne vous
» en rapportez jamais au jugement d'un
» pédant d'église ou d'un juge de paix
» de Westminster. Examinez par vous-
» même, et vous trouverez dans Alexan-
» dre un parfait modèle d'honneur, de
» désintéressement et de générosité. Vous
» y verrez un homme qui, par l'éléva-
» tion de son ame et la grandeur de ses
» desseins, est fait pour rester seul l'ob-
» jet de l'étonnement et de l'admiration
» de tous les siècles. »

— « Ah ! monsieur, il nous est bien
» aisé, à nous qui sommes ici fort tran-
» quillement assis, de faire son panégy-
» rique. Mais voulez-vous aussi que j'ou-
» blie à quel effroyable prix a été érigé
» le monument de sa renommée ? Ne fut-
» il pas le perturbateur du repos de
» l'espèce humaine ? N'a-t-il pas boule-
» versé des nations entières qui n'au-
» raient jamais entendu parler de lui,
» sans ses dévastations ? Combien de cent
» mille vies n'a-t-il pas sacrifiées dans
» sa carrière ? Que de choses à dire sur
» sa cruauté ? toute une tribu massacrée
» pour un crime commis par leurs an-
» cêtres cent cinquante ans auparavant ;
» cinquante mille hommes vendus com-
» me esclaves ; deux mille mis en croix
» pour avoir défendu vaillamment leur
» pays ? Il faut vraiment que l'homme
» soit une créature d'une espèce bien
» étrange, de ne jam is prodiguer plus
» d'éloges qu'à celui qui a répandu la

» ruine et la destruction sur la face de
» la terre. »

— » Votre façon de penser, Wil-
» liams, est assez naturelle, et je ne sau-
» rais vous en blâmer; mais permettez-
» moi d'espérer que vous en viendrez
» à une manière plus grande et plus li-
» bérale d'envisager les choses. C'est une
» chose très-révoltante au premier coup-
» d'œil, que la mort de cent mille
» hommes; mais dans la réalité, est-ce
» que cent mille hommes de cette es-
» pèce sont plus qu'un troupeau de cent
» mille animaux? C'est l'homme moral
» et intellectuel, Williams, c'est la gé-
» nération des vertus et des connaissan-
» ces humaines qui a des droits à notre
» amour. C'était là l'idée et le grand
» projet d'Alexandre; il entreprit le
» vaste dessein de civiliser l'espèce hu-
» maine; il délivra l'immense continent
» de l'Asie de l'abrutissement et de la
» dégradation, en renversant la monar-

» chie des Perses, et quoiqu'il ait été
» arrêté par la mort au milieu de sa
» carrière, nous pouvons encore voir
» aisément les grands effets de cette su-
» blime entreprise. La littérature et la
» politesse grecques, les Séleucides, les
» Antiochus et les Ptolémées parurent
» après lui parmi des peuples qui jus-
» ques-là avaient été réduits à la con-
» dition des brutes. Alexandre n'est pas
» moins connu pour avoir fondé des
» villes que pour en avoir détruit. »

— « Avec tout cela, monsieur, j'ai
» bien peur que la pique et la hache
» ne soient pas les instrumens propres
» pour enseigner la sagesse aux hommes.
» Quand on supposerait qu'on peut sa-
» crifier sans remords la vie des hommes
» pour opérer un très-grand bien, ce-
» pendant pour amener la civilisation
» et les mœurs sociales; il me semble
» que c'est une voie bien détournée
» que le meurtre et le massacre. Mais,
» dites-moi, je vous prie, est-ce que

» vous ne trouvez pas que ce grand
» héros était une espèce de fou enragé?
» Que direz-vous donc de lui voir met-
» tre en cendres le palais de Persépolis,
» pleurer de n'avoir pas d'autres mon-
» des à conquérir ; faire marcher toute
» son armée à travers les sables brûlans
» de la Lybie, simplement pour visiter
» un temple, et pour persuader aux
» hommes qu'il était le fils de Jupiter
» Ammon ? »

— « Alexandre, mon enfant, a été
» très-mal jugé, et on ne l'a pas com-
» pris. Les hommes en le peignant sous
» de fausses couleurs, ont voulu se
» venger de ce qu'il a tant éclipsé tout
» le reste de leur espèce. Pour réaliser
» son grand projet, il était nécessaire
» qu'il fût pris pour un dieu. C'était le
» seul moyen de s'assurer la vénération
» des peuples stupides et superstitieux
» de l'Asie; c'est ce dessein, et non pas
» une folle vanité, qui l'a porté à agir
» ainsi. Et combien n'a-t-il pas eu à souf-

» frir à cet égard de l'opiniâtreté de
» quelques-uns de ses Macédoniens qui
» n'entendaient rien à ses vues? »

— « Hé bien! monsieur, au bout de
» tout, Alexandre n'a fait qu'employer
» des moyens dont tous les grands poli-
» tiques ont fait usage aussi bien que
» lui. C'est aussi par des *dragonades* et
» des *fraudes pieuses* qu'il a voulu don-
» ner aux hommes, malgré eux, la sa-
» gesse et le bonheur. Mais ce qu'il y
» a de pire, monsieur, cet Alexandre,
» dans les accès de sa fureur aveugle,
» n'épargnait ni amis ni ennemis. Vous
» n'entendez sûrement pas justifier les
» excès de cette colère qu'il ne pouvait
» réprimer. Il est impossible de dire un
» mot en faveur d'un homme qui, pour
» une provocation passagère, se laisse
» entraîner à commettre des meurtres. »

A l'instant que j'eus lâché ces paroles,
je sentis ce que je venais de faire. Il y
avait entre mon maître et moi une sorte
de sympathie magnétique, ensorte qu'el-

les n'eurent pas plutôt fait leur effet sur
lui, que je sentis aussitôt ma consience
me reprocher la barbarie de l'allusion.
Nous restâmes confondus l'un par l'autre. J'avais l'œil sur M. Falkland ; je vis
à travers sa peau fine et transparente le
sang disparaître et revenir tout-à-coup
avec rapidité et violence. Je n'osais pas
proférer une syllabe, dans la crainte
de commettre une faute encore pire que
celle dans laquelle je venais de tomber.
Après un effort court mais pénible pour
continuer la conversation, M. Falkland
reprit d'une voix tremblante, en se cal-
mant peu-à-peu :

   — « Vous n'êtes pas de bonne foi...
» Alexandre... Il faut mettre plus d'in-
» dulgence.... Je veux dire qu'Alexan-
» dre ne mérite pas d'être traité aussi
» sévérement, Rappelez-vous ses larmes,
» ses remords, sa résolution de ne plus
» prendre de nourriture, dont on eut
» tant de peine à le faire revenir. Tout
» cela ne prouve-t-il pas une vive sen-

» sibilité et un sentiment profond de
» justice au fond du cœur?... Oui, oui,
» Alexandre était un véritable et judi-
» cieux ami de l'humanité, et on a fort
» peu senti son vrai mérite. »

Je ne sais comment rendre la situation de mon ame en ce moment. Quand
une idée s'est emparée de l'esprit, il est
presque impossible de l'empêcher de se
faire passage. Une faute, une fois commise, a je ne sais quel pouvoir magique
qui nous entraîne à en faire une seconde: elle nous ôte cette confiance en nous-
mêmes, ce sentiment de notre force auquel nous devons la plupart de nos
vertus. La curiosité est un penchant
toujours actif et inquiet ; souvent il
nous presse d'une manière d'autant plus
irrésistible, qu'il y a plus de danger à
le satisfaire.

« Clitus, repris-je, était un homme
» dont les manières étaient très-brutales
» et très-choquantes, n'est-ce pas? »

M. Falkland sentit toute la force de

cet appel; il me lança un regard perçant, comme s'il eût voulu voir au fond de mon ame, et aussitôt détourna les yeux; je pus m'appercevoir qu'il était saisi d'un frisonnement convulsif qu'il comprimait fortement et qui était à peine sensible, mais qui avait je ne sais quoi d'effrayant. Il laissa ce qu'il faisait, fit quelques pas dans la chambre : sa figure prit par dégrés une expression singulière de férocité; il sortit brusquement, et poussa la porte avec une violence capable d'ébranler toute la maison.

Est-ce là, me dis-je, l'effet d'une conscience criminelle? ou bien, est-ce l'indignation d'un homme d'honneur injustement accusé d'un crime?

CHAPITRE

CHAPITRE II.

Le lecteur doit voir avec quelle rapidité j'avançais au bord du précipice. J'avais bien un sentiment confus qui m'avertissait de ce que j'allais faire, mais je ne pouvais m'arrêter. Est-il possible, me disais-je, que M. Falkland, accablé comme il l'est, de l'idée de s'être vu injustement déshonoré à la face de la terre, veuille supporter plus long-temps la présence d'un indiscret et importun jeune homme qui est sans cesse à lui ramener son déshonneur sous les yeux, et qui semble le plus acharné à entretenir une odieuse imputation?

A la vérité, je sentais que M. Falkland ne se déciderait pas facilement à me renvoyer, par la même raison qui le faisait s'abstenir de beaucoup d'autres actions qui auraient pu déceler en lui une sensibilité trop chatouilleuse et trop

Tome II.   2

timorée. Mais cette réflexion était fort
peu consolante. Qu'il allât nourrir contre moi dans son cœur, une haine toujours croissante, et qu'il se crût forcé
de me retenir auprès de lui comme une
croix dont on ne peut se délivrer, c'é-
tait une idée qui ne me promettait rien
de bon pour ma tranquillité à venir.

Ce fut quelque temps après ceci, qu'en
vidant un bureau, j'aperçus un papier
qui avait glissé derrière un des tiroirs,
et auquel on n'avait pas pris garde. Dans
un autre temps, ma curiosité aurait
peut-être cédé aux principes de la délicatesse, et j'aurais rendu le papier sans
l'ouvrir à mon maître, à qui il appar-
tenait. Mais tout ce qui avait précédé,
avait trop vivement excité en moi le
désir d'acquérir des éclaircissemens,
pour me permettre de négliger l'occasion qui s'offrait. Le papier se trouva
être une lettre de Hawkins père, et il
paraissait d'après son contenu, qu'elle
avait été écrite à l'époque où il avait

commencé à songer à se dérober par la fuite aux persécutions de M. Tyrrel. Elle était ainsi conçue :

Mon honorable Monsieur ,

« J'ai été pendant quelque temps dans
» l'espérance que votre honneur serait
» de retour d'un jour à l'autre dans
» nos cantons. Le père Warnes et sa
» femme, qui sont restés pour garder
» votre maison, m'ont dit qu'ils ne pou-
» vaient pas m'informer au juste quand
» cela serait, ni me dire en quel en-
» droit de l'Angleterre vous étiez pour
» le moment. Quant à ce qui me re-
» garde , le malheur m'en veut à tel
» point, qu'il faut que je prenne un
» parti, c'est une chose bien sûre, et
» cela tout de suite. Notre seigneur,
» qui m'a d'abord traité avec assez de
» bonté , il faut que j'en convienne ,
» quoique j'aie bien peur qu'il l'ait
» fait en partie pour faire dépit à
» M. Underwood , s'est butté depuis

» à me détruire tout-à-fait. Au moins,
» monsieur , je ne me suis pas laissé
» écraser comme un ver , je me suis
» défendu de mon mieux, car, après
» tout , dieu merci , un homme en
» vaut un autre , comme on dit; mais
» il était trop fort pour moi.

» Peut-être que si j'avais poussé jus-
» qu'à la ville du marché , en m'adres-
» sant à Munsse, votre avocat, il au-
» rait pu me donner les moyens d'écrire
» à votre seigneurie. Mais après avoir
» espéré et attendu en vain , il m'est
» venu d'autres idées là-dessus. Je n'ai
» pas cherché, monsieur, à vous aller
» ennuyer de mes affaires ; car je n'aime
» pas à importuner personne; je gardais
» cela pour ma dernière ressource. Or
» donc, à présent qu'elle m'a aussi man-
» qué, je suis, pour ainsi dire, hon-
» teux d'y avoir songé. Est-ce que je
» n'ai pas, me suis-je dit, des bras et
» des jambes aussi bien qu'un autre ?
» Me voilà chassé de ma maison , sans

» feu ni lieu. Hé bien , qu'est-ce que
» cela fait? Je ne suis pas un chou pour
» mourir , parce qu'on m'a mis hors de
» ma terre. Je suis sans un sou , cela est
» vrai ; et combien y en a-t-il par cen-
» taines et par milliers , qui vivent au
» jour le jour pendant toute leur vie ?
» Et puis, me suis-je dit (j'en demande
» pardon à votre seigneurie), si nous
» autres petites gens, avions seulement
» l'esprit de nous suffire à nous-mêmes,
» les autres ne seraient pas d'insipides
» et d'orgueilleux fainéans comme ils
» sont. Ils se trouveraient bien embar-
» rassés d'eux-mêmes.

» Mais il y a une autre chose qui m'a
» décidé plus que tout le reste. Je ne
» sais comment vous dire cela , mon-
» sieur. Mon pauvre enfant, mon Léo-
» nard , tout le bonheur de ma vie , est
» depuis trois semaines dans la prison
» du comté. Cela est de toute vérité ,
» monsieur. C'est M. Tyrrel qui l'a fait
» mettre là. A présent, monsieur, je ne

» repose pas de fois ma tête sur l'oreil-
» ler , dans ma pauvre chaumière, que
» le cœur ne me saigne de la situation
» de mon Léonard. Ce n'est pas tant
» pour la souffrance, ce n'est pas-là ce
» qui m'inquiète ; je ne m'attendais pas
» qu'il n'eût pas de peine à endurer
» dans sa vie, je ne suis pas assez sot
» pour le croire. Mais qui sait ce qui
» peut lui arriver dans une prison? J'ai
» été trois fois pour le voir, et il y a
» dans le même coin de prison que lui
» un homme qui a une si mauvaise fi-
» gure! Je ne sais pas comment sont les
» autres. Certainement Léonard est un
» des braves garçons qu'il y ait. J'es-
» père bien qu'il n'écoutera pas de pa-
» reilles gens. Mais qu'il en arrive ce
» qu'il voudra, je suis bien résolu à ne
» le pas laisser dans cette compagnie-là
» encore douze heures de plus. Je ne
» suis peut-être qu'un obstiné et un
» vieux fou; mais je l'ai mis dans ma
» tête, et cela sera. Ne me demandez

» pas ce que c'est ; s'il me fallait écrire
» à votre seigneurie, et attendre la ré-
» ponse , cela prendrait huit ou dix
» jours de plus ; il n'y faut pas penser.
  » M. Tyrrel est fort opiniâtre , et
» vous, n'en déplaise à votre seigneurie,
» vous êtes tant soit peu vif. Je ne veux
» pas que personne ait du bruit par
» rapport à moi. Il n'y a déjà eu que
» trop de mal de fait ; et je ne veux
» autre chose que me tirer de la presse.
» Ainsi j'écris ceci à votre seigneurie,
» seulement pour me décharger le cœur.
» Je me sens tout aussi obligé à vous
» respecter et à vous aimer comme si
» vous aviez fait pour moi tout ce que
» vous n'auriez pas manqué de faire,
» j'en suis sûr, si la chance eût tourné
» différemment. Il y a beaucoup à pa-
» rier que vous n'entendrez plus parler
» de moi davantage. Si cela est , tenez
» votre digne cœur en repos. Je me
» connais trop bien pour être jamais
» tenté de rien faire qui soit réellement

» mal. Il faut maintenant que j'aille
» chercher ma fortune dans le monde.
» J'ai été assez mal traité, dieu le sait;
» mais je n'en garde pas de rancune;
» mon cœur est en paix avec tous, et
» je pardonne à qui m'a fait mal. Je
» crois bien que ce pauvre Léonard et
» moi nous n'aurons pas mal de peines
» à endurer, au milieu d'étrangers, et
» étant obligés de nous cacher comme
» des voleurs de grand chemin. Mais je
» défie la malice du sort, quelle qu'elle
» soit, de nous pousser à rien de vi-
» cieux. C'est-là la consolation qui nous
» soutiendra toujours contre les tra-
» verses et les croix de ce malheureux
» monde.

    » Que Dieu bénisse votre seigneurie!
    » Ce sont-là les vœux de votre humble
» serviteur, à vous obéir. »

BENJAMIN HAWKINS.

Je lus cette lettre avec une extrême
attention, et elle me fit naître bien des

réflexions. Suivant moi, elle portait la vive empreinte d'une ame simple et droite. C'est une réflexion bien triste, me disais-je à moi-même; mais c'est ainsi que l'homme est fait. A juger sur les apparences, on aurait dit : Voilà un brave homme capable de supporter, avec un cœur incorruptible, la bonne et la mauvaise fortune. Et pourtant, voyez où tout cela aboutit ! Ce même homme a pu devenir ensuite un meur- trier, et finir ses jours au gibet. O pau- vreté ! on peut dire que ton influence est toute-puissante ! Tu nous brises l'ame par le désespoir ; tu détruis en nous nos principes les plus chers et les plus pro- fondément enracinés ; tu nous remplis de vengeance et de méchanceté, et tu nous rends capables des actions les plus atroces. Puissé-je ne jamais sentir ta fu- neste puissance dans toute son étendue !

Après avoir contenté ma curiosité, j'eus soin de déposer cette lettre, de ma- nière à ce qu'elle pût être trouvée par

2*

M. Falkland, en même-temps que par une suite du sentiment qui me dominait alors, je voulais qu'en frappant son attention, ce papier lui fît naître l'idée qu'il avait pu passer par mes mains. Je vis M. Falkland le lendemain matin, et quand la conversation, que je n'étais déjà plus embarrassé d'entamer, fut une fois en train, je m'arrangeai pour l'amener insensiblement au point où je la voulais. Après beaucoup de questions, de répliques et de préliminaires, je continuai ainsi :

« Avec tout cela, monsieur, quand
» je réfléchis à la nature humaine, je ne
» puis m'empêcher de voir avec peine
» qu'il n'y a pas de fonds à faire sur sa
» constance, et qu'au moins, parmi les
» gens sans éducation et sans culture,
» des commencemens qui promettent le
» plus en apparence peuvent finir par
» la honte et l'infâmie. »

— « Ainsi, vous pensez donc qu'un
» esprit orné par les lettres et cultivé par

» l'étude, est le seul garant de la solidité
» de nos principes ? »

— « Hum !... mais pourquoi suppo-
» seriez-vous, monsieur, que le talent
» et l'instruction ne servent pas souvent
» plutôt aux gens à cacher leurs crimes,
» qu'à les empêcher d'en commettre ?
» Nous trouvons là-dessus d'étranges
» choses dans l'histoire. »

— « Williams, dit M. Falkland, un
» peu troublé, vous avez un bien sin-
» gulier penchant à la censure et à la
» misantropie. »

— « J'espère que non. Assurément je
» n'aime pas moins à voir le revers du
» tableau, et à considérer combien il y
» a de gens qui ont été calomniés, et
» même, dans un temps ou dans un
» autre, déchirés et presque mis en
» pièces par leurs compatriotes, et qui
» pourtant se sont trouvés faits pour
» être chéris et vénérés, quand on a pu
» les bien juger.

« En vérité, reprit en soupirant mon-

» sieur Falkland , quand je pense à tout
» cela , je ne m'étonne pas de l'excla-
» mation de Brutus mourant : ô vertu !
» je t'ai cherchée comme une réalité, et
» je trouve que tu n'es qu'un vain nom.
» Je ne suis que trop porté à penser
» comme lui. »

— « A coup sûr, monsieur, l'inno-
» cence et le crime sont souvent, dans
» cette vie, confondus l'un avec l'autre.
» Je me rappelle une histoire bien inté-
» ressante d'un pauvre homme du temps
» d'Elisabeth, qui aurait été infaillible-
» ment pendu pour meurtre, par la
» force des circonstances qui déposaient
» contre lui, si le véritable auteur n'eût
» pas été de lui-même se présenter au
» jury et empêcher la condamnation. »

En disant ceci, je touchais la corde
sensible qui réveillait toutes ses douleurs.
Il vint sur moi d'un air furieux, comme
déterminé à m'arracher de force le fond
de ma pensée. Une sorte d'avertissement
soudain parut lui faire changer d'idée;

il retourna en arrière avec un tremble-
ment convulsif, en s'écriant : « maudit
» soit mille fois le monde et les lois qui
» le gouvernent! L'honneur , la vertu ,
» la justice! toutes jongleries de fripons!
» J'abîmerais tout-à-l'heure l'univers
» entier dans le néant , si j'en avais la
» force. »

 » Ah! monsieur , répliquai-je , les
» choses ne sont pas si mal que vous le
» supposez. Le monde a été fait pour
» que les sages le conduisissent à leur
» gré; ses affaires ne peuvent être en
» de meilleures mains que dans celles
» des vrais héros; et comme au bout
» du compte, ce sont-là les amis et les
» protecteurs naturels de la société , la
» multitude n'a rien à faire qu'à les
» contempler, se régler sur eux et ad-
» mirer. »

M. Falkland fit un grand effort pour
reprendre sa tranquillité. « Williams,
» dit-il , vous me donnez une excellente
» leçon. Vous avez des idées justes des

» choses, et j'espère très-bien de vous.
» Je veux prendre sur moi; je me domp-
» terai; j'oublierai le passé et ferai mieux
» pour l'avenir. L'avenir, l'avenir est
» toujours à nous. »

— « Je suis affligé, monsieur, de
» vous avoir fait de la peine. Je ne sais
» si je dois dire tout ce que je pense;
» mais j'ai opinion qu'à la fin tout s'é-
» claircira, que justice sera faite, et
» que la vérité se fera connaître, malgré
» toutes les fausses couleurs dont on aura
» voulu la couvrir. »

L'idée que je suscitais dans l'esprit de
M. Falkland, ne lui fut pas agréable. Il
essuya une rechute d'un moment. « Jus-
» tice! reprit-il entre ses dents; je ne
» sais pas ce que c'est que justice. Mon
» mal est au-delà des remèdes ordinai-
» res; peut-être est-il sans remède. Tout
» ce que je sais, c'est que je suis le plus
» malheureux des hommes. J'ai com-
» mencé ma vie avec les intentions les
» plus pures, avec le plus ardent amour

» de l'humanité, et me voici... malheu-
» reux... malheureux au-delà de tout
» ce qu'on peut exprimer, de tout ce
» qu'il est possible de supporter. »

Après ces paroles, il se recueillit tout-
à-coup en lui-même, et reprit sa morgue
et sa dignité ordinaires. « Comment cette
» conversation est-elle venue, s'écria-t-
» il? Qui vous a donné le droit de vous
» faire mon confident? Bas, artificieux
» serpent que vous êtes; apprenez à
» vous comporter avec plus de respect.
» Suis-je fait pour que mes passions
» soient soulevées et appaisées au gré
» d'un insolent domestique? M'avez-vous
» pris pour un instrument sur lequel
» vous pouviez vous jouer à plaisir, pour
» tâcher d'en exprimer tous les secrets
» de mon ame? Sortez, et craignez que
» je ne vous fasse payer cher votre folle
» témérité. »

Ces paroles étaient accompagnées d'une
expression de figure si énergique et si
prononcée qu'elles ne souffraient pas de

réplique. Je restai muet; je me sentis comme privé de tout mouvement actif, et je ne pus sortir que machinalement de la chambre.

~~~~~~~~~~~~~~~~~~~~~~~~~~~~~~~~~~~

CHAPITRE III.

Deux jours après cette conversation,
M. Falkland me fit appeler.

(Dans le compte que je rendrai de ce
qui s'est passé entre nous, je continuerai
de rapporter non-seulement les paroles,
mais même le langage muet de nos conversations. Il avait habituellement dans
l'extérieur quelque chose de bien plus
expressif et de plus animé qu'aucun
homme que j'aie jamais vu. C'était-là
l'objet de mon étude continuelle, aiguillonné comme je l'étais par la curiosité
qui constituait alors, comme je l'ai dit,
ma passion dominante. Il pourra aussi
très-bien arriver, tandis que je m'occu-
pe ainsi à réunir les matériaux épars de
mon histoire, que dans certaines occasions, je joigne aux apparences qui
m'ont frappé, un éclaircissement que

j'étais alors bien loin de posséder, et que la suite des événemens a pu seule me suggérer.)

Dans la conjoncture actuelle, le visage de M. Falkland portait un air de calme peu ordinaire. Avec cela ce calme ne paraissait pas être le résultat d'une satisfaction intérieure, mais plutôt l'effort d'un homme qui, se préparant pour une scène importante, s'arrange d'avance pour rester toujours maître de soi, et ne rien perdre de sa présence d'esprit.

« Williams, me dit il, je suis déter» miné, quelque chose qu'il puisse m'en
» coûter, à avoir avec vous une expli» cation. Vous êtes un garçon fort in» discret et fort inconsidéré; vous m'a» vez extrêmement déplu : vous auriez
» dû sentir que si je vous laisse causer
» avec moi sur des matières indifféren» tes, il est bien peu convenable à vous
» d'amener la conversation à rien qui
» puisse avoir trait à mes intérêts per-

» sonnels. — Dernièrement vous m'avez
» dit plusieurs choses d'une manière
» très-mystérieuse et qui annonce que
» vous en savez plus que je ne présu-
» mais. Je serais aussi en peine de dire
» comment ce que vous savez a pu ve-
» nir à votre connaissance, comme de
» deviner en quoi il consiste. Mais je
» crois voir en vous beaucoup trop de
» disposition à vous jouer de ma tran-
» quillité; c'est ce qui ne devrait pas
» être, et je n'ai pas mérité un pareil
» procédé de votre part. Mais, quoi
» qu'il en soit, il est trop pénible pour
» moi de me voir ainsi obligé d'être
» continuellement avec vous sur le qui-
» vive, c'est une sorte de petite guerre
» que vous faites à ma sensibilité, et
» que très-résolument je suis déterminé
» à faire cesser. J'attends donc de vous
» que vous mettiez de côté tout mystère
» et toute équivoque, et que vous m'ex-
» pliquiez franchement sur quoi vous
» bâtissez vos perpétuelles allusions. Que -

» savez-vous? Que cherchez-vous à sa-
» voir? Je n'ai déjà été que trop exposé
» à des mortifications et à des traverses
» sans exemple, et je ne puis plus sen-
» tir ainsi continuellement froisser mes
» blessures. »

« Je sens, monsieur, répondis-je,
» combien j'ai de torts, et je suis hon-
» teux que quelqu'un comme moi ait
» pu vous causer tant de déplaisir et
» d'inquiétude. Je l'ai bien senti dans
» le temps, mais j'ai été entraîné malgré
» moi, sans savoir comment. J'ai tou-
» jours voulu m'arrêter, mais le démon
» qui me possède est plus fort que moi.
» Je ne sais rien, monsieur, que ce que
» m'a appris M. Collins. Il m'a raconté
» l'histoire de M. Tyrrel, de miss Mel-
» ville et de Hawkins; bien sûrement,
» monsieur, il ne m'a rien dit qui ne
» fût à votre honneur, et qui ne fît
» voir que vous êtes un ange plutôt
» qu'un homme. »

— « Fort bien, monsieur; j'ai trouvé

» l'autre jour une lettre écrite par ce
» Hawkins; cette lettre ne vous a-t-elle
» pas tombé entre les mains? ne l'avez-
» vous pas lue? »

— « Pour l'amour de Dieu, mon-
» sieur, renvoyez-moi de votre maison;
» punissez-moi de manière ou d'autre,
» pour que je puisse me pardonner à
» moi-même. Je suis un insensé, un mi-
» sérable, le plus méprisable des hom-
» mes: je l'avoue, monsieur, j'ai lu cette
» lettre. »

— « Et comment avez-vous osé la
» lire? cela est certainement très-mal à
» vous; mais nous y reviendrons tout-
» à-l'heure. Hé bien, qu'est-ce que vous
» avez dit de cette lettre? Vous savez,
» à ce qu'il paraît, que Hawkins a été
» pendu. »

— « Ce que j'en ai dit, monsieur....
» oh! c'est pour cela qu'il m'est venu à
» l'esprit de la lire. J'en ai dit, ce que
» je vous disais avant-hier; quand je
» vois un homme qui paraît avoir de

» si bons principes, s'abandonner en-
» suite, de propos délibéré, au dernier
» des crimes, il m'est impossible de sup-
» porter une pareille idée. »

— « Voilà ce que vous vous êtes dit!...
» Bon... il paraît que vous savez aussi
» (souvenir exécrable!) que j'ai été ac-
» cusé de ce crime? »

Je ne répondis rien.

— « Fort bien, monsieur. Vous sa-
» vez peut-être aussi que du moment
» où le crime fut commis.... Oui, mon-
» sieur; ce fut là l'époque, » (et en disant ceci, il y avait dans son air quelque chose d'effrayant, je dirais presque
de diabolique).... « Je n'ai pas eu une
» heure de repos; du plus heureux des
» hommes, je suis devenu la plus misé-
» rable des créatures; le sommeil a fui
» de mes yeux; toute pensée de joie ou
» de consolation a été étrangère pour
» moi: le néant serait mille fois préfé-
» rable à la triste existence que j'ai eu
» à supporter. Dès le moment où j'avais

» été capable de faire un choix, j'avais
» choisi l'honneur et l'estime des hom-
» mes comme le premier de tous les
» biens. Vous n'ignorez pas, à ce qu'il
» semble, de combien de manières j'ai
» été traversé dans l'objet de toute mon
» ambition..... Je ne remercierai pas
» Collins pour s'être fait l'historien de
» mon déshonneur.... Plût au ciel que
» cette horrible soirée fût à jamais effa-
» cée de la mémoire des hommes!....
» Mais loin de s'anéantir, cette soirée
» est devenue pour moi une source de
» calamités toujours nouvelles, une sour-
» ce à jamais intarissable! Est-ce dans
» l'état où je suis, plongé dans un abîme
» de misère, que vous deviez me choi-
» sir pour exercer sur moi votre infa-
» tigable activité, et pour vous instruire
» dans l'art de tourmenter une ame?
» N'est-ce pas assez que j'aie été désho-
» noré publiquement? que je me sois
» vu arracher, par je ne sais quelle
» puissance infernale, la seule ressource

» qui me restât pour venger mon hon-
» neur? Non, pour surcroît d'infor-
» tune, j'ai été accusé d'avoir, dans ce
» moment critique, intercepté moi-
» même ma vengeance par le plus noir
» de tous les crimes. Tout cela est passé.
» Le malheur qui me poursuit n'avait
» rien à me réserver de plus cruel, si ce
» n'est la peine que vous m'avez infli-
» gée, en paraissant douter de mon in-
» nocence, ce qu'après l'examen le plus
» approfondi et le plus solennel, per-
» sonne n'avait encore osé faire. Vous
» m'avez forcé à en venir à cette expli-
» cation; vous avez arraché de mon
» sein une confidence que je n'étais pas
» disposé à en laisser sortir. Mais c'est
» encore une partie des maux de ma
» déplorable destinée, que je suis à la
» merci du dernier des hommes, quel
» qu'il soit, qui se sentira disposé à se
» jouer de ma détresse. Soyez satisfait;
» vous m'avez mis assez bas. »

— « Ah, monsieur! je ne suis pas
satisfait;

» satisfait; je ne puis pas être satisfait.
» Je ne puis supporter l'idée de ce que
» j'ai osé faire. Je n'aurai jamais le front
» de regarder en face le meilleur des
» maîtres et le meilleur des hommes. Je
» vous le demande comme une grâce,
» monsieur, renvoyez-moi de votre ser-
» vice, que j'aille me cacher pour ja-
» mais loin de vos yeux. »

L'air de M. Falkland avait été extrêmement sévère pendant toute cette conversation; mais en ce moment il devint
plus dur et plus menaçant qu'auparavant. « Comment, misérable! s'écria-
» t-il, vous voudriez me quitter, dites-
» vous? Qui vous dit que j'aie envie de
» vous renvoyer?... mais vous ne pouvez
» supporter de vivre avec un être aussi
» profondément malheureux que je le
» suis? vous n'avez pas le courage d'en-
» durer les caprices d'un homme aussi
» chagrin et aussi injuste? »

— «Ah, monsieur, ne me parlez pas

» ainsi ; faites de moi tout ce qu'il vous
» plaira, tuez-moi, si vous voulez ? »

— « Que je vous tue ! »

(Il faudrait des volumes pour peindre
les émotions avec lesquelles cet écho de
ma dernière phrase, sortit de sa bouche
et frappa mon oreille.)

« Monsieur, je mourrais pour vous
» servir. Je vous aime plus que je ne
» puis l'exprimer ; je vous vénère comme
» un être d'une nature supérieure ; je
» suis un insensé, un étourdi, sans ju-
» gement et sans expérience ;... je suis
» cent fois pis que tout cela..... mais
» jamais une pensée contraire à la fidé-
» lité que je vous dois n'est entrée dans
» mon cœur. »

Notre conversation finit là ; il est impossible de rendre l'impression qu'elle
fit sur une ame jeune et simple comme
la mienne. J'étais étonné, même transporté, quand je songeais aux égards et
à la bonté que m'avait laissé voir M. Falkland à travers toute la sévérité de ses

reproches. Je ne pouvais revenir de ma surprise de me voir pauvre, obscur et ignoré comme je l'étais , devenu tout-à-coup d'une telle importance au bonheur d'un des hommes les plus éclairés et les plus accomplis de l'Angleterre ; mais ce sentiment m'attacha à mon maître plus vivement que jamais , et je jurai mille fois , en méditant sur ma situation , de ne jamais me montrer indigne d'un aussi généreux protecteur.

CHAPITRE IV.

N'est-il pas inconcevable qu'au milieu de ce redoublement de vénération pour mon maître, les premiers élans de mon émotion furent à peine calmés, que je sentis revenir à ma pensée ce premier doute qui avait excité mes conjectures : *serait-ce lui qui aurait été l'assassin ?* Il y avait dans ma fatale destinée quelque chose qui m'entraînait à ma perte malgré moi. Je ne m'étonnais pas du trouble qu'éprouvait M. Falkland à toute allusion, quelque éloignée qu'elle fût, qui avait trait à sa cruelle affaire. Son excessive sensibilité sur l'article de l'honneur expliquait ce trouble aussi complètement qu'eût pu le faire la supposition d'un crime atroce. L'idée remplie que son nom avait été une fois souillé par une imputation aussi odieuse,

il était naturel qu'il fût dans une gêne
continuelle, et prêt, à la moindre occasion, à soupçonner quelque reproche
indirect. Près de tout homme avec lequel il avait communication, il avait à
redouter d'être en secret l'objet des soupçons les plus odieux. A mon égard, il
avait découvert que j'avais reçu des informations sur son compte, sans qu'il
lui fût possible de deviner jusqu'où elles
allaient, si on m'avait dit vrai ou faux,
si on m'avait raconté les faits avec candeur ou avec malice. Il avait aussi quelque raison de supposer que j'entretenais
des idées injurieuses à son honneur, et
que je n'en jugeais pas aussi favorablement que l'exigeait l'extrême sensibilité
de sa passion dominante. Toutes ces considérations devaient naturellement le tenir dans un état habituel d'agitation et
de mal-aise. Mais, quoique je ne trou-
vasse rien qui pût réellement fonder
l'ombre d'un doute, cependant il m'é-
tait impossible de sortir de l'incertitude

et du tourbillon perpétuel de mes conjectures.

L'état flottant de mon ame amena en
moi une lutte de principes opposés qui
se disputaient-tour-à-tour l'empire de
ma conduite. Tantôt j'étais dominé par
la plus profonde vénération pour mon
maître ; je mettais une confiance sans
réserve dans son intégrité et ses vertus,
et je lui soumettais aveuglément ma raison et mon jugement. Une autre fois, le
flux de respect et de confiance qui était
venu avec l'abondance d'un torrent,
commençait à refluer en sens contraire;
je redevenais, comme auparavant, défiant, soupçonneux, attentif, tourmenté
de mille conjectures sur la signification
des actes les plus indifférens. M. Falkland, qui était sans cesse dans la plus
pénible alerte sur tout ce qui pouvait
avoir trait à son honneur, apercevait très-
bien toutes ces variations, et trahissait
l'impression qu'elles lui faisaient, tantôt
d'une manière, tantôt d'une autre, sou-

vent avant que je m'en fusse aperçu
moi-même , quelquefois même avant
qu'elles existassent. Notre situation à
tous deux était affreusement pénible;
nous étions une peste l'un pour l'autre;
souvent je ne pouvais comprendre qu'à
la fin la patience et la bonté de mon
maître ne fussent pas à bout , et qu'il
ne se déterminât pas à se débarrasser
pour jamais d'un observateur aussi insupportable. A la vérité , dans notre
tourment commun, il y avait une différence essentielle entre sa part et la
mienne. Moi, au milieu de mon agitation continuelle, j'avais quelque consolation. La curiosité porte avec soi ses
plaisirs aussi bien que ses peines. L'esprit se sent aiguillonné sans relâche; il
est comme s'il touchait à chaque moment au terme de sa course , et attendu
que c'est un désir insatiable de se satisfaire, qui est son principe, il se pro-
met dans cette satisfaction une jouis-
sance inconnue, faite pour compenser,

suivant lui, tout ce qu'il peut avoir à
souffrir dans le cours de son entreprise.
Mais pour M. Falkand, il n'avait aucune sorte de consolation. Ce qu'il avait
à endurer dans nos relations respec-
tives, semblait un mal gratuit. Ce qu'il
pouvait faire, était de désirer qu'il n'y
eût pas au monde un être tel que moi,
et de maudire l'instant où son humanité l'avait porté à me tirer de l'obscurité pour me prendre à son service.

Je ne dois pas passer sous silence un
des effets que produisit en moi la nature extraordinaire de ma position. L'état
constant de soupçon et de vigilance dans
lequel se trouvait mon esprit, avait opéré
un changement très-rapide dans mon
caractère. Il paraissait y avoir fait tout
ce qu'on aurait pu attendre d'une suite
d'années d'observation et d'expérience.
L'habitude où j'étais de fixer sans cesse
un œil curieux et attentif sur ce qui se
passait dans l'ame d'un homme, et de
me promener toujours au milieu d'une

immensité de conjectures, avait fait de
moi, pour ainsi dire, un adepte fort ha-
bile dans la science des diverses manières dont se déploient les ressorts les
plus secrets de l'intelligence humaine.
Je ne me disais pas à moi-même, comme
j'avais fait dans le commencement : *Il
faut que je demande à M. Falkland si
c'est lui qui est l'assassin*. Au contraire,
après avoir soigneusement examiné les
différentes sortes d'évidences dont le
sujet était susceptible, et m'être rappelé
tout ce qui s'était passé, c'était avec une
peine extrême que je me sentais hors
d'état de découvrir aucun moyen qui
pût me convaincre d'une manière complète et irrévocable de l'innocence de
mon maître. Quant à la question de savoir s'il était coupable, il m'était presque impossible d'en venir à douter que
d'une manière ou d'une autre, plutôt
ou plus tard, je viendrais certainement
à l'éclaircir, si réellement il l'était. Mais
je ne supportais pas d'arrêter ma pensée,

3*

ne fut-ce qu'un moment, sur ce côté
de l'alternative, comme sur un fait ; et
au milieu de ce torrent de conjectures
que je ne pouvais réprimer, et que faisaient naître tant de circonstances mys-
térieuses, malgré ce penchant d'un esprit jeune et sans expérience vers toutes
les idées qui nourrissent son imagination de peintures sublimes ou terribles,
je ne pouvais arriver à considérer monsieur Falkland criminel, autrement que
comme la supposition la plus éloignée
de toute probabilité.

J'espère que le lecteur me pardonnera de demeurer si long-temps sur ces
circonstances préliminaires ; je ne vien-
drai que trop tôt à l'histoire de mes malheurs. J'ai déjà dit qu'un des motifs qui
m'engageait à tracer ces mémoires, était
de trouver une distraction à des maux
insupportables. Je trouve un triste plaisir à m'étendre sur des incidens qui
m'ont imperceptiblement frayé la route
vers l'abîme. Tandis que je me retrace

ou que je cherche à décrire ces momens
passés d'une époque plus favorable de
ma vie, mon attention se détourne pendant quelques instans de ce gouffre sans
fond d'infortunes et de misère où je suis
aujourd'hui plongé. Il serait bien dur
et bien insensible, l'homme qui pourrait
m'envier ce faible soulagement à mes
peines. — Continuons.

Après l'explication qui avait eu lieu
entre mon maître et moi, sa sombre mélancolie, loin d'être adoucie le moins
du monde par la main bienfaisante du
temps, alla sans cesse en augmentant.
Ses accès de démence, (car faute d'une
dénomination propre, il faut bien que
je les désigne par ce mot, quoique peu
convenable sans doute dans le sens admis par la faculté ou par les tribunaux),
devinrent plus forts et plus durables que
jamais. Il ne fut plus possible de les dérober entièrement à la connaissance des
gens de la maison ni même des voisins.
Quelquefois il restait deux ou trois jours

absent de chez lui, sans en prévenir, et
sans se faire accompagner de qui que
ce fût. Ceci était d'autant plus extraordinaire, qu'on savait fort bien qu'il ne
faisait pas de visites et n'entretenait aucune relation avec les personnes du voisinage. Mais il était bien difficile qu'un
homme de la distinction et de la fortune
de M. Falkland, menât un pareil genre
de vie sans qu'on en vînt à découvrir
ce qu'il devenait, quoiqu'une grande
partie de notre comté fût située dans un
des cantons les plus déserts et les plus
abandonnés du midi de l'Angleterre.
M. Falkland avait été vu quelquefois
grimpant sur des rochers, quelqufois
immobile et penché pendant des heures
entières sur le bord d'un précipice, ou
bien plongé dans une sorte d'assoupis-
sement léthargique à la chute d'un torrent. Il passait des nuits entières en plein
air, sans prendre garde au lieu ni au
temps, insensible à toutes les injures de
la saison, ou plutôt paraissant se plaire

au tumulte et au désordre des élémens,
pour distraire en partie son attention de
l'état de désolation et d'affaissement qui
accablait son ame.

Les premières fois, quand on nous
donnait avis du lieu où s'était retiré
M. Falkland, quelqu'un de sa maison,
M. Collins ou moi, mais moi plus ordinairement, comme étant toujours au logis et toujours de loisir, au moins dans
le sens vulgaire de ce mot, nous allions
vers lui pour l'engager à revenir. Mais
après quelques expériences, nous ju-
geâmes plus convenable de nous désister
de cette poursuite, et de laisser notre
maître prolonger ou terminer son absence, suivant que son inclination le lui
suggérait. M. Collins à qui ses cheveux
blancs et ses longs services semblaient
donner une espèce de droit à se rendre
importun, réussissait quelquefois; quoique dans ce cas même, rien n'était plus
choquant pour M. Falkland, que ces
sortes d'instances qui semblaient lui in-

sinuer qu'il avait besoin d'un tuteur
pour prendre soin de sa personne, ou
bien qu'il était tombé, ou au moins en
danger de tomber dans un état à ne
pouvoir juger par lui-même de ses propres actions. Quelquefois il cédait d'un
air chagrin aux humbles et affectueuses
sollicitations de son vénérable serviteur,
en murmurant de la contrainte qu'on lui
imposait, mais sans avoir même la force
de mettre quelque énergie dans ses plaintes. Une autre fois, même en se rendant
à ce qu'on demandait de lui, il éclatait
tout-à-coup en reproches et en menaces.
Dans ce cas-là, il y avait dans sa colère
quelque chose de féroce, extraordinai-
rement effrayant et qui rendait la position de la personne sur laquelle elle
tombait, la plus humiliante et la plus
insupportable possible. Pour moi, dans
ces occasions, il me traitait toujours
avec emportement, et me repoussait
d'auprès de lui avec une véhémence
hautaine et imposante, au-delà de tout

ce dont j'aurais cru la nature humaine capable. Ces évasions étaient toujours, à ce qu'il me semble, une espèce de crise de son mal, et toutes les fois qu'on le déterminait à un retour prématuré, il tombait immédiatement après dans une mélancolie noire et indolente qui lui durait ordinairement deux ou trois jours. Une fatalité opiniâtre, c'est que toutes les fois que je voyais M. Falkland dans ces situations déplorables, et particulièrement quand après l'avoir cherché parmi les rochers et les précipices, mon œil venait à se porter sur lui, que je le voyais pâle, maigre, hagard et farouche; alors en dépit de mon penchant, en dépit de ma conviction, en dépit de l'évidence, quelque chose d'involontaire me suggérait continuellement à l'idée : *à coup sûr cet homme est un assassin.*

CHAPITRE V.

Dans un des intervalles lucides, si je puis les appeler ainsi, qui eurent lieu pendant cette période, on amena un jour devant lui, en sa qualité de juge de paix, un paysan accusé de meurtre envers un de ses camarades. Comme M. Falkland passait dès-lors pour un homme valétudinaire et rongé de mélancolie, il est vraisemblable qu'il n'eût pas été appelé dans cette circonstance, si ce n'est que deux ou trois des juges de paix du voisinage se trouvant à-la-fois absens, il n'y en avait aucun autre à plusieurs lieues à la ronde auquel on pût s'adresser. Avec cela, et quoique je me sois servi du terme de *démence* en décrivant les symptômes de son mal, il ne faut pas que le lecteur s'imagine que M. Falkland fût le moins du monde regardé, par la généralité de ceux qui avaient occasion

de le voir , comme une espèce d'insensé.
Il est vrai qu'en certaines circonstances
sa conduite était singulière et inexplicable, mais dans toutes les autres , elle
portait un si grand caractère de dignité,
de circonspection et de prudence ; il
savait si bien commander le respect et
l'obéissance ; il régnait dans ses actions
tant de grandeur et de générosité, dans
ses manières tant d'égards et de politesse, que bien loin qu'il eût rien perdu
de l'estime publique et de la confiance
des malheureux , tous les environs ne
retentissaient que de ses louanges.

J'étais présent à l'examen de l'affaire
de ce paysan. Dès l'instant que j'avais
appris le sujet qui amenait cette foule
de survenans, une idée m'avait soudain
frappé. J'avais conçu la possibilité de
faire servir cet incident à la grande recherche qui absorbait toutes mes facultés. Je me dis : cet homme est accusé
de meurtre , et le mot seul de *meurtre*
est le grand ressort de la sensibilité de

M. Falkland. Je vais l'observer; je ne le perdrai pas un instant de vue; je veux suivre pas à pas le dédale de ses pensées; à coup sûr, voici le moment où la gêne secrette de son ame va se dévoiler dans ses traits; à coup sûr, si j'y mets bien tous mes soins, je vais le voir condamner ou absoudre par le plus redoutable et le plus infaillible des tribunaux.

Je pris mon poste de la manière la plus favorable à l'objet qui m'occupait tout entier. Quand M. Falkland entra, il me fut aisé d'apercevoir dans sa figure une extrême répugnance pour l'affaire dont il était obligé de s'occuper; mais il n'y avait pas pour lui possibilité d'éluder. Sa contenance était inquiète et embarrassée. A peine aperçut-il une seule des personnes de l'assemblée. Il n'y avait pas long-temps que l'examen de l'affaire était commencé lorsqu'il lui arriva de tourner les yeux vers l'endroit de la salle où j'étais. Il nous arriva dans cette circonstance, comme dans plusieurs autres,

que nous échangeâmes en silence un
regard qui nous disait à l'un et à l'autre
un million de choses. M. Falkland changea plusieurs fois successivement de cou-
leur. Je compris parfaitement ce qui se
passai dans son ame, et j'aurais voulu
me retirer : mais cela m'était impossible ;
mes passions étaient trop fortement en-
gagées ; j'étais cloué à ma place ; quand
il se serait agi de ma propre vie, de celle
de mon maître, ou presque du sort de
toute une nation, je n'aurais pas été le
maître de changer de lieu.

Toutefois le premier mouvement de
surprise étant calmé, M. Falkland prit
un air de résolution et d'assurance, et il
parut regagner infiniment plus d'empire
sur lui-même qu'on n'aurait pu l'attendre de son entrée. Vraisemblablement il serait venu à bout de soutenir
ce rôle jusques à la fin, si ce n'est que
la scène, au lieu d'être continue, fut
en quelque sorte perpétuellement chan-
geante. L'homme qui était amené de-

vant lui était vivement chargé par le
frère du mort d'avoir agi avec la méchanceté la plus noire. Celui-ci déclara
sur son serment qu'il avait existé une
rancune d'ancienne date entre les parties, et il en rapporta plusieurs exem-
ples. Il affirma que le meurtrier avait
cherché l'occasion de satisfaire sa vengeance, qu'il avait porté le premier coup;
et quoique en apparence la contestation
ne fût qu'un simple défi ordinaire à
coups de poing, qu'il avait guetté le
moment pour adresser un coup mortel
qui avait tué presque aussitôt son adversaire.

Tandis que l'accusateur déduisait ses
charges et ses preuves, l'accusé manifestait la plus vive sensibilité. Tantôt
une profonde douleur se peignait dans
tous ses traits, et des larmes involontaires coulaient le long de son visage
mâle et austère ; tantôt il tressaillait de
surprise à la tournure défavorable qu'on
donnait aux faits, sans pourtant témoi-

gner aucune impatience ni aucune envie d'interrompre. Jamais je ne vis un
homme d'un extérieur qui annonçât
moins la cruauté. Il était grand, bien
fait et d'une belle figure. Il y avait dans
ses traits de la simplicité et de la bonté,
sans bêtise. Il était accompagné d'une
jeune femme qui était sa maîtresse; c'était
une personne tout-à-fait agréable, et
dont les regards témoignaient assez l'intérêt qu'elle prenait au sort de son amant.
Les spectateurs, que le hasard avait
amenés, étaient partagés entre l'indignation contre la noirceur du prétendu
criminel et la compassion pour l'aimable
et malheureuse fille qui l'accompagnait.
Ils paraissaient ne pas trop prendre
garde à l'extérieur prévenant de l'accusé; ce ne fut que par la suite que ce
témoignage muet attira plus puissam-
ment leur attention. Pour M. Falkland,
il était quelquefois absorbé tout entier
par la curiosité et le désir ardent de découvrir la vérité; puis le moment d'a-

près, il laissait voir une émotion soudaine et comme une sorte de retour sur
lui-même, qui semblait lui rendre cet
examen trop pénible pour le supporter
plus long-temps.

Quand l'accusé en vint à établir sa
défense, il n'hésita pas à convenir de la
mésintelligence qui avait existé entre lui
et le mort, et il avoua que ce dernier
était le plus grand ennemi qu'il eût eu
au monde. C'était à la vérité son seul
ennemi, et il lui était impossible de
dire la cause de cette inimitié. Il avait
fait tous les efforts imaginables pour ap-
paiser son animosité, mais sans succès.
Le défunt avait cherché sans cesse les
occasions de le mortifier et de lui jouer
de mauvais tours; mais lui, il avait pris
la ferme résolution de ne jamais entrer
en querelle avec cet homme, et jusques
à ce moment là il y avait toujours réussi.
Si le malheur qui lui était arrivé eût eu
lieu avec toute autre personne, au moins
on aurait pu penser que c'était un ac-

cident ; mais dans la conjoncture présente , il sentait bien que tout le monde
croirait qu'il avait agi par méchanceté
et par esprit de vengeance.

Le fait était que lui et sa maîtresse
étaient allés à une foire voisine, où ils
avaient été rencontrés par cet homme.
Celui-ci avait toujours cherché à l'affronter, et ayant pris sa patience et sa
modération pour de la lâcheté , avait été
encouragé par-là à redoubler de gros-
sièretés et de mauvais procédés. Enfin ,
voyant que l'accusé avait enduré , sans
se fâcher , plusieurs insultes personnelles , sa brutalité s'était alors tournée
contre la jeune fille. Il les avait poursuivis; il avait essayé mille manières de
les harceler et de les tourmenter ; ils
avaient cherhé vainement à se débarrasser de lui. La jeune fille était fort ef-
frayée. L'accusé en était venu à une
explication avec cet agresseur , et lui
avait demandé comment il pouvait être
assez barbare pour s'acharner à effrayer

une femme? l'autre avait répliqué d'un
ton insultant : « hé bien, il faut que cette
» femme cherche quelqu'un en état de
» la défendre ; les gens qui se lient avec
» de mauvais sujets, et qui se fient sur
» eux, méritent ce qui leur arrive. »
L'accusé avait essayé tous les moyens
possibles de prévenir une querelle ; à la
fin il n'y avait pu tenir davantage ; il
avait perdu patience, la colère s'était
emparée de lui, et il avait défié son adversaire. Le défi avait été accepté ; on
avait fait un cercle ; il avait donné sa
maîtresse en garde à l'un des assistans,
et malheureusement il était arrivé que
le premier coup qu'il avait porté avait
été mortel.

L'accusé ajouta qu'il ne se souciait
guères de ce qui arriverait de lui. Son
vœu le plus cher avait été de passer sa
vie sans faire mal à personne, et voilà
que ses mains étaient teintes de sang.
Tout ce qu'il pouvait dire, c'est qu'on
lui rendrait service de le débarrasser de
                                    la

la vie le plutôt possible ; car sa conscience ne lui laisserait pas un moment de repos ; que tant qu'il vivrait, il aurait sans cesse devant les yeux l'image de ce mort, tel qu'il l'avait vu étendu sans mouvement à ses pieds. Que cet homme, qui était plein de santé et de vigueur, eût été le moment d'après levé de terre comme une masse froide et insensible, et tout cela par son fait, c'était une pensée trop affreuse pour qu'il pût la supporter. Il avait aimé de tout son cœur la pauvre fille qui avait été la cause innocente de ce malheur, mais il ne pouvait plus la regarder. Cette vue amenait après elle une légion de démons déchaînés contre lui. Un malheureux moment avait empoisonné toutes ses espérances, et lui avait rendu la vie à charge... En disant ceci ses bras s'abattirent, tous ses traits se renversèrent, et il resta immobile, dans l'attitude du désespoir.

Telle était l'histoire que M. Falkland

avait à écouter. Quoique les incidens
fussent pour la plupart fort différens
de ceux que j'ai eu à rapporter, et qu'il
y eût eu dans la rencontre de ces deux
villageois beaucoup moins de politique
et de talens déployés de part et d'autre,
cependant pour un homme dont l'esprit était fortement imbu de la première
de ces aventures, il y avait dans celle-ci
beaucoup de traits propres à suggérer
une ressemblance suffisante. Dans l'une
comme dans l'autre, c'était un homme
brutal et grossier que la bienveillance
et la circonspection de son adversaire
n'avaient pu fléchir, et qu'un coup
soudain et terrible avait frappé au milieu de sa carrière. Ces traits martelaient
continuellement le cœur de M. Falkland. Dans un moment il tressaillait de
surprise; dans un autre, il changeait
sans cesse de posture, comme quelqu'un
qui ne peut plus résister au mal qui le
presse. Ensuite on voyait ses muscles se
tendre de nouveau, pour se monter au

ton de la patience la plus opiniàtre; mais,
au milieu de l'inflexible immobilité de
sa figure, j'apercevais une larme de douleur rouler dans ses yeux et s'échapper
le long de ses joue. Il n'osait pas tourner les yeux du côté de la salle où j'étais,
ce qui donnait à sa contenance un air
d'embarras et de contrainte. Mais, quand
l'accusé en vint à parler de ses propres
sentimens, qu'il vint à peindre la pro-
fondeur et l'amertume de ses regrets pour
une faute involontaire, M. Falkland ne
put pas y tenir davantage; il se leva
tout d'un coup et sortit brusquement de
la salle avec tous les signes de l'horreur
et du désespoir.

Cette circonstance fut assez indiffé-
rente pour l'affaire de l'accusé. Les parties restèrent environ une demi-heure
à attendre. M. Falkland avait entendu
lui-même ce qu'il y avait de plus essentiel dans les preuves. Cet intervalle écoulé, il envoya demander M. Collins hors
de la salle. Les faits allégués par l'accusé

étaient confirmés par beaucoup de témoins présens à l'événement. Il fut dit
à l'assemblée que mon maître était in-
disposé, et en même-temps la décharge
de l'accusé fut prononcée. Néanmoins,
à ce que j'appris par la suite, la vengeance du frère ne s'en tint pas là, et
celui-ci trouva un magistrat ou plus
scrupuleux ou plus despotique qui ordonna l'arrestation de l'accusé.

Cette affaire ne fut pas plutôt terminée que je courus bien vîte au jardin
m'enfoncer dans un des bosquets les
plus épais. J'avais la tête remplie de
manière à en suffoquer. Je ne me sentis
pas plutôt à l'abri de tous les regards,
que mes pensées se firent passage malgré
moi, et que dans un accès d'enthousiasme que je ne pouvais contenir :
« Voilà, m'écriai-je, voilà le meurtrier.
» Les Hawkins étaient innocens ! j'en
» suis sûr ! j'y mettrais ma vie ! tout
» est dit, tout est découvert ! cou-
» pable, coupable sur mon ame. »

Tandis que je marchais ainsi à pas précipités le long des allées les plus écartées, et que de temps en temps je donnais carrière au tumulte de mes pensées par des exclamations involontaires, il me semblait sentir s'opérer dans toute ma machine une révolution totale. Mon sang bouillonnait dans mes veines. J'éprouvais un espèce de transport que je ne pouvais définir. Quoique agité des plus vives émotions, je me sentais plus de dignité et d'importance, en même-temps que j'étais plein d'énergie et brûlant d'indignation. Au milieu de la tempête et du fracas de toutes ces passions, il me semblait que mon ame jouissait du calme le plus ravissant. Je ne saurais mieux exprimer l'état où je me trouvais en ce moment, qu'en disant que je n'avais jamais si parfaitement goûté la vie.

Cet état d'exaltation mentale dura pendant plusieurs heures, mais à la fin il s'appaisa, et fit place à la réflexion. Une

des premières questions qui se présentèrent alors à moi fut celle-ci : *Que
vais-je faire de cette connaissance que
j'ai eu tant de désir d'acquérir ?* Je n'a-
vais pas l'envie de devenir un délateur;
je sentais ce dont je n'avais eu auparavant aucune idée, c'est qu'il était possible d'aimer un meurtrier, et même,
comme je le jugeais alors, le plus criminel des meurtriers. Je trouvais que c'était
le dernier dégré de l'absurdité et de l'injustice de détruire un homme fait pour
rendre à l'humanité les services les plus
essentiels et les plus étendus, et cela
simplement parce qu'en revenant sur sa
vie passée, il s'y trouvait une action
qui, telle qu'en pût être la gravité, n'en
était pas moins aujourd'hui totalement
irréparable.

Cette réflexion me conduisit à une
autre à laquelle je n'avais pas pris garde
d'abord. Si j'avais été d'humeur à me
rendre dénonciateur, ce qui s'était passé
ne constituait nullement un genre de

preuve admissible devant une cour de
justice. « Hé bien donc, ajoutais-je, s'il
» n'est pas de nature à être admis par
» un tribunal criminel , suis-je sûr
» qu'il soit tel que je puisse l'admettre
» pour moi-même ? A cette scène, dont
» je prétends inférer une aussi parfaite
» connaissance , il y avait vingt per-
» sonnes avec moi. Pas une d'elles n'a
» vu la chose sous le même jour que je
» l'ai vue. Toutes l'ont regardée comme
» une circonstance accidentelle et indif-
» férente , ou bien ils l'ont trouvée suf-
» fisamment expliquée par les malheurs
» de M. Falkland et par son état d'in-
» firmité. Renfermait-elle donc réelle-
» ment une telle étendue d'applications
» et de conséquences , qu'il n'y avait
» personne que moi qui eût eu le dis-
» cernement de les apercevoir ? »

Mais tous ces raisonnemens ne pro-
duisirent aucun changement dans ma
façon de penser. Je ne pouvais, pendant tout ce temps, ôter une seule mi-

nute de mon esprit: *M. Falkland est l'assassin ! Il est coupable ! je le vois, je le sens , j'en suis sûr :* c'était ainsi que m'entraînait au précipice une inexorable destinée. L'état de mes passions dans leur marche rapide et progressive, l'ardeur et l'impatience de ce principe de curiosité qui dominait toutes mes pensées , semblaient rendre inévitable la détermination à laquelle je m'arrêtais.

Pendant que j'étais au jardin, il survint un incident qui ne fit pas grande impression sur moi pour le moment, mais que je me rappelai quand le mouvement de mes idées fut un peu ralenti. Au milieu d'une de mes exclamations involontaires , et quand je me croyais le plus absolument seul, il me sembla voir passer rapidement , à une petite distance de moi, comme l'ombre d'un homme qui cherchait à m'éviter. Quoique j'eusse à peine pu l'entrevoir , cependant il y avait quelque chose dans

les circonstances du moment qui me fit
croire que ce devait être M. Falkland.
La seule possibilité qu'il eût pu entendre
les paroles qui m'étaient échappées, me
fit frissonner. Mais, toute alarmante que
fût cette idée, elle n'eût pas cependant
la force d'arrêter sur-le-champ le cours
de mes réflexions. Néanmoins des circonstances subséquentes la rappelèrent
encore à mon esprit. A peine me resta-
t-il un doute sur sa réalité quand je vis
arriver l'heure du dîner, sans qu'il fût
possible de trouver M. Falkland. Le
souper et la nuit se passèrent de même.
La seule conclusion qu'en tirèrent ses
domestiques, c'est qu'il était allé errer,
comme à son ordinaire, dans les soli-
tudes des environs.

CHAPITRE VI.

L'époque à laquelle cette histoire est maintenant arrivée , paraît être vraiment l'instant critique qui décida du sort de M. Falkland. Les incidens se pressèrent les uns sur les autres. Le lendemain matin , sur les neuf heures , le bruit se répand que le feu était à l'une des cheminées de la maison. Rien de plus commun en apparence qu'un tel accident ; cependant l'incendie se manifestait avec tant de violence qu'il paraissait évident que les flammes avaient gagné quelque poutre , imprudemment placée dans le bâtiment lors de sa construction. On craignit du danger pour la totalité de l'édifice. Ce qui rendait encore la confusion plus grande , était l'absence du maître , ainsi que celle de M. Collins , l'intendant. Tandis qu'une

partie des gens de la maison était oc-
cupée à essayer d'éteindre le feu , il
parut à propos que les autres se missent
à transporter les meubles les plus précieux sur une pièce de gazon, dans le
jardin. Je pris sur moi de donner quelques ordres dans cette circonstance ;
comme, dans le fait, mon emploi dans
la maison semblait m'y autoriser , et
comme on m'en jugeait d'ailleurs assez
capable par mon intelligence et les re-
sources de mon esprit.

Après avoir indiqué quelques mesures
générales, je pensai que ce n'était pas
assez faire que de rester là pour surveil-
ler et ordonner, mais que je devais con-
tribuer de ma personne au travail qu'exigeait la conjoncture présente. Je sortis
donc pour cela , et par je ne sais quelle
secrette fatalité, mes pas se portèrent vers
cette pièce particulière qui était à l'extrémité de la bibliothèque. Arrivé là ,
comme je regardais autour de moi, mes
yeux tombèrent tout-à-coup sur ce coffre

dont j'ai parlé dans le premier chapitre de cette histoire.

J'avais l'esprit monté au dernier point. Il y avait dans l'appui de l'une des croisées de la chambre un ciseau et quelques autres outils de charpentier. Je ne sais quel moment de délire s'empara de moi tout-à-coup. C'était une impulsion trop forte pour pouvoir y résister. J'oubliai l'affaire pour laquelle j'étais venu, j'oubliai les gens de la maison, et l'urgence du danger général. La chambre où j'étais aurait été toute enveloppée de flammes que j'en aurais fait de même. Je m'emparai d'un outil propre à mon dessein, je me mis à terre et tentai bien vite l'ouverture de ce qui renfermait l'objet de mon ardente curiosité. Après deux ou trois efforts où toute l'énergie d'une passion indomptable se joignit à ma force physique, la garniture céda, le coffre s'ouvrit, et tout ce que je brûlais de voir et d'apprendre se trouvait déjà en ma puissance.

J'en étais à lever le couvercle quand entra M. Falkland essoufflé, l'œil farouche et hagard. Il avait été ramené chez lui par la vue des flammes qu'il avait aperçues de fort loin. A l'instant le couvercle m'échappe des mains et retombe. Il ne me voit pas plutôt que la rage étincelle dans ses regards. Il vole à une paire de pistolets chargés qui étaient sur une table, en saisit un, et me le présente à la tête. Je vis son dessein et m'esquivai pour l'éviter; mais abandonnant sa résolution aussi rapidement qu'il l'avait formée, il court à la fenêtre et décharge le pistolet dans la cour. Il m'ordonne de sortir avec cet accent énergique et irrésistible qui lui était ordinaire; et moi, confondu déjà par la honte d'avoir été surpris dans une telle action, j'obéis sur-le-champ.

L'instant d'après, une partie considérable de la cheminée vint à s'écrouler avec fracas dans la cour, et une voix s'écria que le feu était plus violent que

jamais. Ces circonstances eurent l'air de
produire sur mon maître une effet ma-
chinal ; après avoir fermé le cabinet,
il paraît aussitôt en dehors de la maison,
monte sur le toît et en un moment se
montre partout où sa présence peut
sembler nécessaire. Bientôt le feu fût
totalement éteint.

Il serait difficile au lecteur de se former une idée de l'état où je me trouvais
alors réduit. Ce que j'avais fait, était en
quelque sorte un acte de démence; mais
quand j'y reportais ma pensée, quel
sentiment inexprimable que celui que
j'éprouvais ! c'était un premier mouvement, une impulsion du moment, une
aliénation d'esprit passagère; mais que
penserait M. Falkland de cette aliénation
d'esprit? Pour tout le monde, quelqu'un
qui s'est une fois montré capable de se
laisser aller à un pareil écart, doit paraître un homme dangereux; combien
devrait-il donc le paraître aux yeux
d'une personne dans la situation où était

M. Falkland? Tout-à-l'heure j'avais eu
un pistolet appuyé sur mon front par
une main décidée à terminer mon existence. A la vérité le moment était passé;
mais qui savait ce que l'avenir me ré-
servait encore? ne sentais-je pas sur ma
tête la vengeance, l'insatiable vengeance
d'un Falkland, d'un homme que mon
imagination me représentait avec des
mains teintes de sang, et avec un cœur
familiarisé au meurtre et à la cruauté?
Quelles ressources n'avait-il pas dans son
esprit si inventif et si entreprenant, ressources dorénavant conjurées pour ma
ruine! Tel était pourtant le terme de cette
fatale et indomptable curiosité, de cette
impulsion que je m'étais représentée
comme si simple et si excusable.

Dans l'effervescence de la passion, je
n'avais pas songé aux conséquences.
J'étais comme au sortir d'un rêve; est-
il donc dans la nature de l'homme de
se précipiter de lui-même au fond des
abîmes, ou de s'élancer sans hésiter au

milieu des flammes? Comment était-il
possible que j'eusse oublié un seul instant l'air si imposant, si menaçant, si
terrible de Falkland, et la fureur implacable que j'allais exciter dans son
ame? Il ne m'était pas entré dans l'esprit
une seule idée sur ma sécurité à venir.
J'avais agi sans le moindre plan. Je ne
m'étais nullement occupé des moyens
de cacher mon entreprise après qu'elle
aurait été effectuée; mais il n'était plus
temps, une minute avait changé ma situation d'un extrême à l'autre avec une
promptitude dont les événemens humains n'offrent presque pas d'exemple.

J'ai toujours été embarrassé de pouvoir me rendre raison du mouvement
qui m'a entraîné tout-à-coup à une action aussi monstrueuse. C'était une sorte
de puissance secrette et sympathique.
Par les lois de la nature un sentiment
en attire un autre du même caractère.
C'était la première fois que j'étais témoin
des dangers d'un incendie. Tout était

confusion autour de moi, et tout contribuait à jeter le désordre dans ma tête.
Mon peu d'expérience me faisait regarder la situation générale comme te-
nant du désespoir, et, par contagion,
le désespoir s'était aussi emparé de moi.
D'abord j'avais paru, jusques à un certain
point, calme et recueilli ; mais c'était
encore de ma part un effort de désespoir, et quand il fut épuisé, une sorte
de démence instantanée lui avait succédé.

J'avais maintenant tout à craindre,
et pourtant quelle était ma faute ? Elle
ne provenait d'aucun de ces principes
qui excitent à juste titre l'aversion des
hommes ; ce n'était ni la soif des richesses,
ni celle du pouvoir, ni la satisfaction des
sens qui m'avaient fait agir. Mon cœur ne
renfermait pas une ombre de malignité.
J'avais toujours eu de la vénération pour
les qualités sublimes de M. Falkland ; j'en
avais encore. Une soif inconsidérée d'apprendre constituait toute mon offense.

Cette offense toutefois était de nature à
n'admettre ni rémission ni grâce. Cette
cruelle époque a été la crise de ma destinée; c'est elle qui sépare ce que je pourrais appeler la partie offensive de ma
vie, d'avec cette défensive continuelle
qui fut ensuite l'unique affaire du reste
de mes jours. Mon offense fut courte,
hélas! aucune intention sinistre n'en ag-
grava la faute; mais que les terribles re-
présailles qu'elle me coûte sont longues!
Elles ne peuvent se terminer qu'avec ma
vie.

L'état dans lequel je me trouvai, quand
le souvenir de ce que j'avais fait revint
se présenter à moi, ne me permettait
pas de rien résoudre. Tout était chaos
et incertitude au-dedans de moi. L'effroi qui enveloppait toute ma pensée,
ne lui laissait aucune activité. Je sentis
que mes facultés intellectuelles m'avaient
abandonné, que les ressorts de mon ame
étaient paralysés, et que j'étais réduit à
attendre en silence l'orage d'infortunes

qui m'était réservé. J'était comme un
homme qui frappé de la foudre et privé
pour jamais de la faculté de se mouvoir,
aurait encore néanmoins conservé le
sentiment de sa situation. Un désespoir
mortel était la seule idée dont je fusse
capable.

Telle était encore la situation de mon
ame, quand M. Falkland m'envoya
chercher. Ce message me tira de mon
égarement; en revenant à moi, j'éprou-
vai ces sensations de mal-aise et de dégoût qu'on pourrait supposer dans un
homme qui reviendrait du sommeil de
la mort. Je recouvrai par dégrés la
faculté d'arranger mes idées et de diriger
mes pas. J'appris que M. Falkland s'é-
tait retiré dans sa chambre aussitôt que
le feu avait cessé. La soirée était déjà
avancée quand il me fit appeler.

Je le trouvai avec tous les signes du
dernier abattement, si ce n'est qu'un
air de dignité calme et triste régnait
dans tout son maintien. Pour le moment

on n'y découvrait rien de sombre,
d'altier ni de sévère. Lorsque j'entrai,
il leva les yeux, et voyant que c'était
moi, il m'ordonna de fermer la porte
en dedans. J'obéis; lui-même il fit le
tour de la chambre et examina avec soin
toutes les autres ouvertures. Je trem-
blais de tout mon corps : je me disais en
moi-même : quelle scène sanglante Ros-
cius se prépare-t-il à jouer !

« Williams, » me dit-il d'un ton qui
annonçait plutôt de la douleur que du
ressentiment, « j'ai attenté à votre vie !
» je suis un misérable dévoué au mé-
» pris et à l'exécration des hommes ! »
Il s'arrêta.

« S'il y a sur toute la terre un être
» capable de sentir plus fortement qu'un
» autre le mépris et l'exécration qui me
» sont dus, c'est moi-même. J'ai été
» long-temps dans un état de torture
» continuelle et livré à la plus affreuse
» démence. Mais je puis mettre un ter-
» me à cet état et à ses conséquences;

» et, au moins en ce qui regarde mes
» relations avec vous, je suis déterminé
» à le faire. Je connais tout le prix qu'il
» y faut mettre, et..... mon parti est
» pris.

» Je veux votre serment, ajouta-t-il,
» il faut vous lier par tout ce qu'il y a
» de plus sacré au ciel et sur la terre,
» de ne jamais dévoiler ce que j'ai à
» vous dire....» Il dicta la formule du
serment et je la répétai à contre cœur.
Je n'avais pas la force d'objecter un
mot.

» Cette confidence, dit-il, c'est vous
» qui l'avez cherchée et non pas moi;
» elle m'est aussi odieuse qu'elle est dan-
» géreuse pour vous. »

Après ce préambule il fit une pause.
Il eut l'air de se recueillir comme pour
un grand effort de courage. Il s'essuya
le visage avec son mouchoir. L'eau dont
il était couvert n'était pas des larmes,
mais de la sueur.

« — Regardez-moi, observez-moi bien.

» N'est-il pas étrange qu'un être tel que
» moi conserve encore les traits d'une
» créature humaine ? Je suis le dernier
» des scélérats. Je suis le meurtrier de
» Tyrrel, je suis l'assassin des Hawkins.

Je ne pus m'empêcher de tressaillir
d'effroi, mais je gardai le silence.

» — Quelle histoire que la mienne!
» insulté, déshonoré, couvert d'op-
» probre à la face d'une assemblée, je
» devins capable de tout acte de déses-
» poir. J'épiai le moment, je suivis M.
» Tyrrel hors de la salle, et muni d'un
» couteau très-aigu qui se trouva sous
» ma main, j'allai derrière lui et le frap-
» pai au cœur. Le corps gigantesque
» de mon ennemi roula à mes pieds.

» Ce ne sont que les anneaux d'une
» même chaîne. Un outrage! un meurtre!
» Il fallut ensuite me défendre, il fallut
» débiter un mensonge assez bien ourdi
» pour qu'il pût en imposer à tous les
» hommes. Fut-il jamais de tâche plus
» pénible et plus insuportable ?

» Jusques-là la fortune me seconda.

» Elle me favorisa par-delà mes désirs:

» le soupçon fut écarté bien loin de moi;

» il fut jeté sur un autre; mais c'était

» encore ce qu'il m'était réservé de souf-

» frir. D'où provinrent contre lui ces

» indices accidentels, ces traces de sang,

» ce couteau brisé? c'est ce que je ne

» saurais dire. Je suppose que par

» quelque hasard qui tient du prodige,

» il lui arriva de passer par-là, et qu'il

» chercha à assister son persécuteur ex-

» pirant. On vous a raconté l'histoire

» de Hawkins, vous avez lu une de ses

» lettres; mais vous ne connaissez pas

» la millième partie des preuves que

» j'ai eues de la simple et inaltérable

» droiture de son cœur. Son fils périt

» au même gibet que lui, ce fils dont

» il avait voulu conserver le bonheur

» et la vertu, au prix de tout ce qu'il

» possédait, pour qui il avait affronté

» la misère, et pour qui il aurait donné

» cent fois sa vie..... Ce que j'ai éprouvé,
» je ne suis pas en état de le rendre.

» Et voilà donc ce que c'est qu'un
» gentilhomme ! Qu'un homme d'hon-
» neur! J'aimais la considération jusqu'à
» la démence. Ma vertu, ma probité,
» la paix de mon ame, rien ne m'a coûté
» pour le sacrifier à cette insatiable
» idole; mais ce qu'il y a de plus cruel,
» c'est que rien de ce qui est arrivé n'a
» contribué le moins du monde à me
» guérir. Cet amour frénétique de l'hon-
» neur et de la considération, je le porte
» encore plus que jamais dans mon cœur;
» j'y tiendrai jusqu'au dernier souffle de
» ma vie. Quoique le plus noir des scé-
» lérats, je veux laisser après moi un
» nom sans tache et partout honoré. Il
» n'y a pas de forfait si atroce, pas de
» scène de sang si horrible, que la pour-
» suite de cet objet ne puisse me faire
» entreprendre. Il n'importe que ces
» choses vues de loin excitent mon aver-
» sion.....

» sion..... Je suis sûr de ce que je dis;
» qu'on me mette à l'épreuve, je céderai.
» Je me méprise, je me déteste moi-
» même; mais c'est ainsi que je suis; les
» choses ont été trop loin pour reculer.

» Qu'est-ce qui me force à cette con-
» fidence? Le soin de mon honneur. La
» vue d'un pistolet dans mes mains,
» d'un instrument de mort quelconque
» à ma disposition me fait frémir; peut-
» être que le premier meurtre que j'au-
» rai à commettre n'aura pas le succès
» des autres. Je n'avais plus d'autre al-
» ternative que de vous prendre pour
» confident ou pour victime. Il valait
» mieux vous confier la vérité toute
» entière, sous le sceau du secret, que
» de vivre dans une crainte continuelle
» de votre pénétration ou de votre té-
» mérité.

» Savez-vous ce que vous avez fait?
» Pour satisfaire une vaine fantaisie de
» curiosité vous vous êtes vendu vous-
» même. Vous resterez à mon service;

» mais vous n'aurez jamais de part à
» mon affection. Je vous ferai du bien
» sous le rapport de la fortune, mais
» vous serez toujours l'objet de ma haine.
» Si jamais un mot inconsidéré vient à
» sortir de votre bouche, si jamais vous
» donnez lieu à mes soupçons ou à ma
» défiance, attendez-vous à l'expier par
» votre mort ou peut-être plus cher
» encore. Vous venez de conclure un
» terrible marché; mais il est trop tard
» pour reculer. Par tout ce qu'il y a
» de plus sacré et de plus épouvantable
» au monde, songez à garder votre foi.
» Pour la première fois depuis plu-
» sieurs années, ma langue vient de
» parler aujourd'hui d'après mon cœur,
» et dès ce moment tout commerce
» entre eux est fermé pour jamais. Je
» n'ai pas besoin de pitié, je ne désire
» pas de consolation : environné d'hor-
» reurs comme je le suis, je saurai con-
» server jusques au bout la force de
» l'ame. Si j'eusse été réservé à d'autres

» destinées, j'avais des qualités faites
» pour soutenir une meilleure cause.
» Je puis être insensé, misérable, fré-
» nétique, mais même au milieu de mon
» délire je sais conserver ma présence
» d'esprit et ma prudence. »

Tel était le fond de cette histoire que
j'avais tant désiré connaître ; quoique
pendant des mois entiers ce sujet eût
été l'objet de toutes mes méditations,
il n'y avait pas ici une syllabe qui ne
fût venue à mon oreille avec toute la
force de la nouveauté. « M. Falkland
» est un assassin ! me disais-je, en me
» retirant de cette conférence. (Cet ef-
» froyable nom d'assassin me glaçait le
» sang dans les veines). Il a tué M. Tyr-
» rel parce qu'il n'a pu se rendre maître
» de son ressentiment et de sa colère ;
» il a sacrifié les deux Hawkins, le
» père et le fils, parce qu'il n'a pu sup-
» porter, à quelque prix que ce fût,
» de perdre publiquement l'honneur :
» comment me serait-il possible d'es-

» pérer de n'être pas tôt ou tard la vic-
» time d'un homme aussi emporté et
» aussi inexorable dans ses passions ? »

Mais malgré cette effrayante conclusion, (conclusion qui contribue peut-
être, de près ou de loin, pour les neuf-
dixièmes, à l'horreur que le vice inspire
aux hommes.) je ne pouvais m'empêcher
de revenir de temps en temps à des réflexions d'une nature toute opposée.
« M. Falkland est un assassin, repre-
» nais-je ! Il pourrait pourtant encore
» être le plus excellent des hommes,
» s'il voulait seulement se regarder
» comme tel. Serait-ce donc seulement
» de nous juger nous-mêmes vicieux
» qui contribue principalement à nous
» le rendre ? »

Au milieu du renversement d'idées
que me causait cette affreuse conviction, à laquelle, au milieu de tous mes
soupçons, je n'avais jamais osé m'arrêter jusques alors, je trouvais encore
de nouveaux motifs d'admirer mon

maître. A la vérité, ses menaces étaient
terribles; mais quand je réfléchissais sur
mon procédé si offensant, si contraire
à tous les principes de la société, si
insolent et si dur, si insupportable pour
un homme du rang de M. Falkland et
dans une situation comme la sienne,
j'étais encore surpris de sa patience. Il
y avait bien, il est vrai, des raisons
assez sensibles de ce qu'il n'avait pas
voulu prendre un parti extrême contre
moi; mais avec cela, que sa conduite
était calme et mesurée, que son langage était plein de modération, en comparaison des images terribles que mon
imagination s'était formées! A cet égard,
je me crus quitte pour un moment de
tous les maux dont l'attente m'avait fait
trembler, et je m'imaginais qu'ayant affaire à un homme aussi noble et aussi
généreux que M. Falkland, je n'avais
rien de rigoureux à craindre.

« C'est, me disais-je, une perspec-
» tive effrayante qu'il veut tenir sans

» cesse devant mes yeux. Il croit que
» je ne suis retenu par aucuns prin-
» cipes, que je suis insensible à l'excel-
» lence de ses qualités personnelles ;
» mais je veux qu'il reconnaisse qu'il
» s'est mépris sur mon compte. Jamais,
» je ne ferai de mal à mon maître ;
» ainsi je ne l'aurai pas pour ennemi.
» Au milieu de toutes ses infortunes et
» de toutes ses fautes, je sens que je
» ne soupire qu'après son bien-être.
» S'il a été criminel, il faut l'imputer
» aux événemens ; dans d'autres cir-
» constances, les mêmes qualités l'au-
» raient appelé, ou plutôt l'ont appelé
» de fait, aux actes de la plus sublime
» bienfaisance. »

Sans doute que mes raisonnemens
étaient infiniment plus favorables à mon
maître que ceux qu'on a coutume de
faire en pareil cas sur les gens désignés
sous le nom de *grands criminels*. Il
n'y a pas de quoi s'en étonner, si l'on
considère que moi-même je venais de

fouler aux pieds les bornes du devoir,
telles qu'elles sont établies dans la société, et que par conséquent je pouvais
éprouver pour les autres coupables une
commisération de sympathie. Ajoutez
à cela que dans le principe, j'avais commencé à voir M. Falkland comme une
divinité bienfaisante. J'avais observé à
loisir et avec une attention minutieuse
qui ne pouvait me tromper, les excellentes qualités de son cœur, et je lui
trouvais l'esprit, sans nulle comparaison, le plus fécond et le plus accompli
que j'eusse jamais rencontré.

Mais quoique la première impression
de terreur qui m'avait frappé fût con-
sidérablement adoucie; avec cela, ma
situation ne laissait pas d'être encore
fort misérable. Le contentement, le bien-
être, cette douce insouciance de la jeunesse m'avaient abandonné pour jamais.
Une voix inexorable répétait sans cesse
à mon oreille : *Plus de repos ni de
sommeil pour toi*. J'étais tourmenté par

le poids d'un secret qui devait à perpé-
tuité peser sur mon ame, et ce sentiment était pour moi la source d'une
mélancolie continuelle. Je m'étais rendu
prisonnier, dans le sens le plus intolérable de ce mot, et cela pour des
années, pour le reste de ma vie peut-
être. En supposant même ma prudence
et ma discrétion infaillibles, j'étais condamné à sentir à tout moment à mes
côtés un inspecteur vigilant, infatigable,
sans cesse éveillé par le cri de sa conscience coupable, sans cesse animé par
le ressentiment des moyens inexcusables
par lesquels j'avais arraché son affreux
secret, et toujours disposé au moindre
caprice à prononcer en maître absolu
sur tout ce que j'avais de plus cher.
Ce n'est rien que la vigilance d'un despotisme public et organisé, comparée
à celle qu'aiguillonnent ainsi les passions les plus actives d'une ame inquiète
et jalouse. Je ne savais quel refuge im-
plorer contre un pareil genre de per-

sécution. Je n'osais ni fuir l'œil de mon observateur, ni rester exposé à sa dangereuse attention. A la vérité, je fus bercé d'abord jusques à certain point, par des idées de sécurité, jusques au bord du précipice. Mais il ne se passa guères de temps sans que je ne fusse à toute heure, averti de ma véritable position par mille circonstances. Parmi les plus mémorables sont celles que je vais rapporter.

5 *

~~~~~~~~~~~~~~~~~~~~~~~~

CHAPITRE VII.

Il n'y avait pas long-temps que M. Falkland m'avait fait cette fatale ouverture, lorsque M. Forester, un frère aîné qu'il avait du côté de sa mère, vint à faire une résidence de quelques jours dans notre maison. C'était une circonstance singulièrement opposée aux habitudes et aux inclinations de mon maître. Comme je l'ai déjà dit, il avait rompu tout commerce de visites avec ses voisins ; il se refusait toute espèce d'amusement et de dissipation. Il fuyait la société des hommes, et ne se trouvait a mais assez enseveli dans l'obscurité et la solitude. Pour un homme ferme dans ses résolutions, ce plan de conduite était, dans presque toutes les circonstances, d'une exécution assez facile ; mais il n'y avait pas moyen pour M. Falkland d'éviter la visite de M. Forester.

Ce gentilhomme arrivait du continent
où il avait fait un séjour de plusieurs
années ; il avait demandé à son frère
un appartement jusqu'à ce que sa propre
maison, qui était à quinze lieues de là,
fût en état de le recevoir, et il avait
fait cette demande avec un ton d'assurance qui n'admettait guères la possibilité d'un refus. Tout ce que put dire
M. Falkland, c'est que l'état de sa santé
et de son humeur était tel qu'il avait à
craindre qu'un séjour dans sa maison
ne fût fort peu agréable à son frère ;
et de son côté, M. Forester imaginant
qu'un pareil genre d'indisposition était
de nature à augmenter à proportion du
peu de résistance qu'on lui opposait,
espérait que sa compagnie engagerait
M. Falkland à se relâcher de ses habitudes solitaires, et lui rendrait un vrai
service. M. Falkland n'insista plus ; il
n'aurait pas voulu marquer de froideur
à un parent pour lequel il avait une
estime particulière, et gêné par la crainte

de laisser entrevoir ses véritables motifs, il n'osa pas pousser plus loin ses objections.

Sous bien des rapports, le caractère de M. Forester était l'opposé de celui de mon maître. Comme lui, il avait beaucoup vu le monde; mais à en juger par la rondeur et la simplicité de ses manières, on aurait pu croire qu'il n'était jamais sorti du coin de son feu. Cependant, sous cet extérieur tout uni, il était aisé de distinguer une grande variété de connaissances, un discernement très-fin, et une ame forte et active. Il blâmait l'exagération en quelque genre que ce fût, en même temps qu'il était l'homme du monde le plus facile à s'y laisser prendre. Il affectait cette rudesse cynique qui se plait à peindre tous les objets sous les couleurs les plus sombres, en même temps que son coeur était naturellement plein de bonté et d'indulgence. Il aimait à paraître dur et implacable, et se targuait d'être inaccessible à toute espèce de retour quand une fois il avait eu sujet de haïr, tandis que pour une offense qui lui aurait été personnelle, il n'aurait fallu qu'un premier aveu fait avec quelque candeur pour le désarmer bientôt. Il était positif en tout, même dans des circonstances où le bon sens indiquait qu'il y avait lieu de douter; et où la vraie sagesse n'aurait vu qu'une erreur à reprendre, la rudesse de sa vertu supposait aussitôt des intentions perverses. La même inconséquence le suivait partout. Plein de génie et d'originalité, il se piquait de mépriser ces qualités dans les autres. Sa maxime favorite était de se moquer de tout ce que le monde pourrait dire, et de ne viser qu'à bien faire. Pourvu qu'à cet égard, disait-il, sa conscience fût en repos, il ne ferait pas un pas pour acheter tous les applaudissemens du monde, ou pour éviter le blâme universel. Il faisait trop peu de cas de l'opinion publique pour être flatté de l'ob-

tenir ou mortifié de la perdre. Il croyait
que la considération qu'obtiennent quelquefois les gens à talens était plutôt le
profit malhonnête d'une combinaison,
que la juste récompense du mérite, et
il se plaisait à pousser cette thèse jusques
à la rigueur. Un honnête laboureur,
selon lui, était plus utile à la société que
tout ce qui a jamais existé de poètes et
de philosophes. En un mot, M. Forester
était un de ces hommes qui, avec tout
ce qu'on peut désirer pour arriver à la
découverte des vérités les plus impor-
tantes, passent toute leur vie sous le joug
des préjugés les plus grossiers et les plus
ridicules.

Les particularités du caractère de ce
gentilhomme ne manquèrent pas de se
manifester dans la nouvelle scène où il
se trouva introduit. Etant naturellement fort sensible, il fut bientôt vivement touché de la situation malheureuse
de son parent. Il fit tout ce qu'il put pour
y porter remède; mais il y avait de la

rudesse et de la gaucherie dans ses tentatives. Il exhortait son hôte à se faire
une raison, à s'armer de courage, à
prendre le dessus sur le maudit démon
qui le subjuguait. Le ton de ces exhorta-
tions ne trouvait pas de corde à son unisson dans le cœur de M. Falkland ; et plus
il voulait développer les articles de sa
doctrine, moins il s'y trouvait de rapports avec celle de mon maître. Il n'a-
vait pas assez d'adresse pour faire pénétrer la conviction dans un jugement
aussi fortement obsédé par l'erreur, et
cela d'autant moins que tout l'effort de
son esprit était appliqué depuis long-
temps à énoncer hardiment et positive-
ment ses principes, plutôt qu'à analy-
ser les élémens dont ils avaient été for-
més. En un mot, après avoir tenté sur
ce cœur malade tout ce que sa tendresse
put lui suggérer, il retira toutes ses
batteries, en grondant de son peu de
succès, mais plutôt mécontent de l'impuissance de ses efforts que piqué de

l'obstination de M. Falkland. Son affection pour celui-ci n'en souffrit aucune
diminution, et il éprouvait une peine
réelle de lui avoir fait si peu de bien.
Dans cette rencontre, les deux parties
rendirent réciproquement justice à leur
mérite respectif, en même-temps que
la disparité d'humeur s'opposait à ce
qu'il pût en résulter le moindre effet.
A peine y avait-il un seul point de
contact dans leurs caractères. M. Forester n'était pas dans le cas de causer jamais à M. Falkland ce dégré de plaisir
ou de peine qui fait sortir l'ame de sa
tranquillité, et peut lui faire perdre un
moment l'empire d'elle-même.

Notre nouveau commensal était
d'une humeur extrêmement communi-
cative, et singulièrement disposé à causer, toutes les fois qu'il n'avait ni inter-
ruption ni contradictions à redouter. Il
ne tarda pas à sentir qu'il était chez nous
tout-à-fait hors de son élément. M. Falkland s'était voué à une vie solitaire et

contemplative. A l'arrivée de son parent, il s'était bien un peu contraint, quoique même alors son goût favori perçât à tout moment. Mais quand ils se furent vus pendant quelque temps, et qu'il fut bien évident que leur compagnie était, l'un pour l'autre, un fardeau plutôt qu'un plaisir, ils convinrent, par une sorte de convention tacite, de se laisser mutuellement en liberté de suivre leur inclination. Dans un sens, M. Falkland gagnait le plus à ce marché; il revenait à ses habitudes, et agissait à-peu-près comme il aurait fait, si M. Forester n'eût pas été au monde. Mais pour celui-ci, tout était perte; il avait tous les désavantages de la retraite, sans pouvoir, comme il aurait fait chez lui, s'entourer de ses sociétés et de ses amusemens ordinaires.

Dans cette situation, il jeta les yeux sur moi. C'était sa maxime de faire tout ce que lui dictait sa volonté, sans s'embarrasser des usages du monde. Il ne

voyait pas de raison pour qu'un paysan,
qui avait quelque éducation, ne fût
pas une aussi bonne compagnie qu'un
grand seigneur; en même temps qu'il
était pénétré cependant d'une profonde
vénération pour les anciennes institutions. Réduit donc, comme il l'était,
à user de toutes les ressources, il me
trouva plus propre à ses vues qu'aucun autre des gens de la maison. Ma
simplicité habituelle lui convenait extrêmement, et j'observerai en passant
qu'il aimait à soutenir et encourager
les talens, par-tout où il croyait en découvrir, tout en faisant profession d'être
leur ennemi.

La manière dont il entama cette espèce de commerce entre nous, ne laissa
pas d'être assez caractéristique, et quoiqu'un peu brusque, elle portait l'empreinte de la véritable bonté d'ame. Son
début eut tout l'air d'une boutade; mais,
dans le cas sur - tout d'une relation
aussi inégale, il y avait quelque chose

d'engageant dans cette rusticité même
par laquelle il semblait vouloir descendre dans la classe du peuple. J'avais
besoin qu'il me fît des avances ; lui-
même avait aussi à prendre sur lui,
non pas pour mettre de côté la vanité
aristocratique, car il en avait une très-
petite dose, mais pour me faire la première ouverture, car il ne pouvait pas
souffrir la moindre gêne. Tout cela produisit un peu d'indécision et de désordre dans ses idées, et donna une
allure fort originale à sa conduite.

De mon côté, j'étais loin d'être ingrat de la distinction qu'on me témoi-
gnait. Si mon esprit avait un peu perdu
de son ressort et de sa vivacité, au
moins la réserve qu'il avait fallu m'imposer ne portait-elle aucun mélange de
misantropie ni d'insensibilité. Cette réserve ne tint pas long-temps contre les
attentions pleines de condescendance
de M. Forester. Je me sentis par dégrés
plus rassuré, plus encouragé, plus con-

fiant. J'avais un désir ardent de m'a-
vancer dans la connaissance des hommes,
et quoique personne peut-être n'eût aussi
chèrement payé ses premières leçons
dans cette école, mon envie d'apprendre
n'avait nullement diminué. M. Forester
était la seconde personne que j'eusse
vue qui me parut mériter l'analyse, et
il me semblait presque aussi digne d'être
étudié que M. Falkland lui-même. J'é-
tais charmé de pouvoir m'arracher au
tourment de mes pensées, et les momens que je passais avec ce nouvel ami
n'étaient pas empoisonnés par l'image
des maux dont j'étais à toute heure me-
nacé.

Avec de telles dispositions, j'étais ce
qu'il fallait à M. Forester, un auditeur
zélé et attentif. J'étais susceptible de
vives impressions, et à mesure que mon
ame les recevait, elles se manifestaient
sensiblement dans mes traits et dans mes
gestes. Les observations que M. Forester
avait faites dans le cours de ses voyages,

les opinions qu'il s'était formées, étaient
pour moi autant de sujets d'amusement
et d'intérêt. Sa manière de raconter une
histoire ou d'énoncer ses idées était
nette, expressive et originale ; le style
de sa conversation avait quelque chose
de singulièrement piquant, et tout en
paraissant dépouillé d'art et d'orne-
mens, était rempli d'images sans pré-
tention, mais vives et hardies ; souvent
même, sous une affectation de simplicité et de bonhomie, il s'élevait à la
véhémence de l'art oratoire. La manière
dont je faisais aussi ma partie dans ces
entretiens ne laissait pas de lui plaire.
Naturellement les hommes aiment à
échanger entre eux des idées, et quand,
par malheur, ils se trouvent dans une
position à ne pas oser faire cet échange
à conditions égales, comme se trouvait
M. Forester vis-à-vis de moi, alors
quelques observations courtes et légères
hasardées de temps en temps avec mo-
destie leur causent un plaisir singulier,

et ils les reçoivent comme une sorte de
dédommagement. Telles étaient les conditions de notre commerce. Ainsi il n'est
pas surprenant qu'il devînt d'un jour
à l'autre plus intime et plus cordial.

M. Falkland était destiné à être toujours malheureux, et on eût dit qu'il
ne pouvait pas survenir un seul incident dont il ne sût extraire de quoi
alimenter son incurable maladie. Excédé par une perpétuelle répétition des
mêmes impressions, tout ce qui était
nouveau lui causait un dégoût invincible. La visite de M. Forester était pour
lui un objet d'antipathie ; à peine pouvait-il le voir sans témoigner sa répugnance par un mouvement que celui-ci
ne manquait pas d'appercevoir, mais
qui n'excitait que sa pitié, parce qu'il
l'attribuait à un effet de l'habitude et
de la maladie. Cependant il n'y avait
pas une des actions de M. Forester qui
ne fût observée avec soin ; la plus in-
différente était un sujet d'inquiétude et

de mal-aise. A peine les premières ouvertures d'une sorte d'intimité entre
M. Forester et moi eurent-elles lieu,
qu'elles firent naître vraisemblablement
dans l'ame de mon maître un sentiment
de jalousie. Dès-lors il me fit entendre
qu'il ne lui serait nullement agréable
qu'il y eût trop de relation entre moi
et son parent.

Que pouvais-je faire ? Fallait-il s'attendre qu'à mon âge j'irais faire le phi-
losophe , et m'appliquer sans cesse à
plier tous mes penchans ? Quelle que
fût l'imprudence que j'avais à expier,
pouvais-je m'assujettir volontairement à
une pénitence éternelle et me séquestrer
moi-même de tout commerce avec les
vivans ? Pouvais-je repousser des avances
dont la franchise était si bien à l'unisson
de mon ame, et répondre par des froi-
deurs à des démonstrations de tendresse
dont mon cœur était ravi ?

Outre cela, j'étais fort mal préparé
pour la soumission servile qu'exigeait

M. Falkland. Dans les premières années de ma vie, j'avais été habitué à être à-peu-près mon maître. Quand j'étais entré au service de M. Falkland, mes habitudes personnelles avaient un peu cédé à la nouveauté de ma position, et les hautes qualités de mon protecteur avaient gagné toutes mes affections. A la nouveauté et à son influence avait immédiatement succédé la curiosité. La curiosité, tant qu'elle avait duré, avait été en moi un principe plus puissant que même l'amour de l'indépendance. J'aurais sacrifié à cette passion ma liberté et ma vie ; je me serais soumis à la condition d'un nègre des Antilles ou aux tortures infligées par les sauvages du nord de l'Amérique ; mais maintenant l'effervescence de la curiosité était passée.

Tant que les menaces de M. Falkland s'étaient bornées à des termes vagues et généraux, j'avais pu les endurer. Je sentais toute l'inconvenance de l'action que

que j'avais commise, et ce sentiment
me rendait soumis. Mais quand il alla
plus loin , et en vint à me prescrire
ma conduite article par article , je sentis
ma patience à bout. Il voulut étendre
son pouvoir au-delà des limites de la
politique et de la prudence, et dès-lors
il en rendit l'existence même contes-
table. Il me sembla que tout ce que
pourrait m'infliger sa rage irritée par
la rebellion la plus ouverte, ne serait
rien auprès de l'esclavage qu'il préten-
dait actuellement m'imposer. J'avais
couru des hasards pour satisfaire une
curiosité puérile et déraisonnable; j'étais
déterminé à m'exposer avec non moins
de résolution , s'il le fallait , pour la
défense du premier bien de la vie. Au
reste, j'étais disposé à traiter à l'amiable
d'une conciliation de nos intérêts; je
consentais volontiers à l'engagement
que M. Falkland n'aurait jamais rien à
redouter de ma part; mais en revanche
j'attendais aussi que je n'aurais à souf-

frir aucune usurpation sur mes droits,
et qu'on me laisserait suivre la direction
de mon propre jugement.

Je continuai donc à rechercher avec
empressement la société de M. Forester,
et c'est la nature d'un commerce d'amitié qui ne va pas en déclinant, d'augmenter toujours progressivement. M. Falkland en fit l'observation, et son trouble
fut visible. Toutes les fois que je m'a-
percevais de ce trouble, et que j'en
devinais la cause, je ne pouvais m'empêcher de témoigner quelque confusion ; ce qui ne tendait nullement à
soulager son mal. Un jour il me tira à
part, et avec un regard à-la-fois mystérieux et terrible, il me parla ainsi:

« Jeune homme, j'ai un avis à vous
» donner. C'est peut-être la dernière
» fois que vous pourrez en profiter. Je
» n'entends pas être toujours le jouet
» de votre simplicité et de votre inex-
» périence; je ne veux pas que votre
» faiblesse triomphe de ma force. Ne

» vous jouez point à moi. Vous ne vous
» doutez guères de l'étendue de ma
» puissance. Dans ce moment les instru-
» mens de ma vengeance vous envi-
» ronnent de toutes parts; ils vous en-
» veloppent sans que vous puissiez les
» apercevoir, et ils vous saisiront au
» moment où vous vous croirez le plus
» à l'abri de leur atteinte. Vous n'êtes
» pas plus sous la main toute-puissante
» de Dieu que sous la mienne. Si vous
» risquez seulement de me toucher du
» bout du doigt; des heures, des mois,
» des années de tortures dont vous ne
» pouvez vous faire la moindre idée,
» seront le châtiment de votre témérité.
» Souvenez-vous en. Je ne parle pas en
» vain. Il n'y a pas un mot de ce que
» je vous dis qui ne soit exécuté dans
» toute sa rigueur si vous osez me pro-
» voquer. »

On peut croire que ces menaces ne
furent pas sans effet. Je me retirai sans
rien dire. Toutes les facultés de mon

ame se révoltaient contre le traitement que j'endurais, et pourtant je ne pus proférer un mot. Pourquoi ne pus-je pas rendre tout ce dont mon cœur était plein, ou proposer le compromis dont j'avais projetté les articles ? Ce fut le défaut d'expérience et non de courage qui me réduisit au silence. Chacune des actions de M. Falkland portait un caractère nouveau, et je n'étais pas préparé à y répondre. Peut-être trouvera-t-on que le plus grand héros du monde est redevable de la propriété de sa conduite dans toutes les circonstances, à l'habitude qu'il a de rencontrer des difficultés, et d'appeler promptement à soi toute l'énergie de son ame.

Je contemplais avec le dernier étonnement les procédés de mon maître. Un sentiment d'humanité et de bonté générale était une des parties fondamentales de son caractère; mais, à mon égard, ce sentiment était stérile et inactif. Son intérêt personnel exigeait qu'il se con-

ciliât mon affection ; mais il aimait mieux
me gouverner par la terreur, et me tenir
sans cesse sous son œil infatigable. Je
méditais avec les sensations les plus tristes
sur la nature de mon infortune. Je n'i-
maginais pas de créature humaine dans
une position aussi digne de pitié que la
mienne. J'étais comme si chacun des
atômes qui me composait eût eu une
existence séparée, et que tous s'agitassent
au-dedans de moi comme autant de ver-
misseaux. Je n'avais que trop de raison
de croire que les discours de M. Falkland n'étaient pas de vaines paroles.
Je connaissais son génie ; je sentais la
force de son ascendant. Si j'en venais
aux prises avec un tel homme, quel
espoir avais-je de vaincre ? Si j'étais
vaincu, quelle était la peine qui m'attendait ? Hé bien donc, le reste de ma
vie sera dévoué à un assujettissement
digne du dernier des esclaves ! affreux
arrêt ! Et s'il était ainsi, qui me garan-
tirait contre les injustices d'un homme

défiant , capricieux et déjà criminel ? J'enviais le sort du malheureux attaché sur l'échafaud. J'enviais celui de la victime de l'inquisition au milieu des tortures. Au moins, m'écriais-je , ils savent ce qu'ils ont à souffrir ; et moi , je ne puis que m'imaginer ce qu'il y a de plus épouvantable , et me dire ensuite: Le sort qui m'est réservé est pire encore que tout cela.

Heureusement pour moi, ces sensations n'étaient que passagères ; la nature humaine ne pourrait pas supporter long-temps ce que j'éprouvais. Par dégrés mon ame secoua son fardeau. L'indignation succéda aux émotions de la terreur. Les sentimens hostiles de M. Falkland excitèrent en moi des sentimens de même nature. J'étais déterminé à ne jamais me permettre contre lui un seul mot qui pût blesser sa réputation , bien moins encore à rien laisser percer du grand secret de sa vie. Mais en abjurant entièrement tout rôle offensif , je pris

bien la résolution de me tenir ferme
sur la défensive. A quelque prix que
ce fût, je voulais conserver la liberté
d'agir d'après les déterminations de ma
volonté. Si je venais à avoir le dessous
dans cet assaut, il me resterait au moins
la consolation de penser que je m'étais
comporté avec énergie. A mesure que
je m'affermis dans cette détermination,
je négligeai les petites attaques, afin de
recueillir toutes mes forces pour mon
grand objet, et je sentis la nécessité d'a-
gir avec réflexion et avec une combinaison de mesures. Je roulais sans cesse
dans ma tête des plans pour ma délivrance; mais j'étais fort occupé à ne
pas me décider sur le choix avec trop de
précipitation.

J'étais dans cet état d'irrésolution et
d'incertitude, quand M. Forester mit
fin à son séjour. Il s'aperçut d'un changement étrange dans ma conduite à son
égard, et il m'en fit des reproches avec
sa manière franche et ouverte. Je ne

lui répondis que par un coup-d'œil
morne et mystérieux, et par un silence
aussi triste qu'expressif. Il tenta de s'en
expliquer avec moi ; mais je mettais autant de soin à l'éviter que j'avais mis
auparavant d'empressement à le chercher ; et, comme il me l'a dit depuis,
il nous quitta frappé de l'idée qu'il y
avait une mauvaise destinée attachée à
notre maison, qui rendrait malheureux
tous ceux qui l'habitaient, sans qu'il
fût possible à aucun observateur d'en
pénétrer la cause.

~~~~~~~~~~~~~~~~~~~~~~~~~~~~~~~~

CHAPITRE VIII.

IL s'était écoulé trois semaines depuis le départ de M. Forester, quand M. Falkland m'envoya pour affaires à une terre qu'il possédait dans le comté voisin, à environ 50 milles de la résidence principale. La route que j'avais à prendre était dans une direction fort éloignée de la demeure de M. Forester. Je revenais de l'endroit où l'on m'avait envoyé, quand je me mis à repasser dans mon imagination toutes les circonstances de ma position actuelle, et qu'enseveli dans ces profondes méditations, je vins à perdre toute idée des objets qui m'environnaient. La première résolution à laquelle je m'arrêtai, ce fut d'échapper à la jalousie clairvoyante et au despotisme insupportable de M. Falkland ; la seconde, fut de mettre toute la prudence et la réflexion possibles pour me pré-

6*

munir contre les dangers dont je prévoyais que ma tentative serait accom-
pagnée.

La tête remplie de tous ces sujets de
méditation, je me laissai conduire par
mon cheval pendant un espace de plusieurs milles avant de m'apercevoir que
je m'étais tout-à-fait écarté de ma route.
A la fin je revins à moi, et j'examinai
tout ce qui m'entourait; mais je ne découvris aucun objet propre à me remettre sur la voie. De trois côtés je
voyais la plaine s'étendre aussi loin que
l'œil pouvait atteindre; et du quatrième
j'aperçus à quelque distance un bois assez considérable. A peine y avait-il devant moi une seule trace qui témoignât
que cet endroit eût été fréquenté par
une créature humaine. Le meilleur ex-
pédient qui se présenta à moi, ce fut
de diriger ma course vers le bois dont
j'ai parlé, et ensuite de suivre, du
mieux que je pourrais, les sinuosités de
l'enclos. Par-là je me trouvai, au bout

de quelque temps, à l'extrémité de la plaine; mais je n'en étais pas moins embarrassé de savoir quelle route je devais suivre. Un ciel gris et nébuleux me dérobait le soleil; j'eus l'idée de longer toujours la lisière du bois, et je franchis avec quelque difficulté les haies et les autres obstacles qui se présentaient de temps en temps sur mon passage. J'avais l'esprit morne et abattu; la tristesse du temps et la solitude qui m'environnaient influaient sur la situation de mon ame. J'avais déjà fait beaucoup de chemin, et je me sentais accablé de faim et de fatigue quand je vins à découvrir une route et une petite auberge à peu de distance. Je poussai jusques-là, et après quelques informations prises, je trouvai qu'au lieu de suivre ma véritable route j'en avais pris une qui me conduisait plutôt à la demeure de M. Forester qu'à la nôtre. Je mis pied à terre, et j'allais entrer dans l'auberge quand M. Forester lui-même s'offrit à ma vue.

Il m'aborda amicalement, m'invita à entrer avec lui dans la chambre qu'il venait de quitter, et s'informa du hasard qui m'avait amené dans cet endroit. Tandis qu'il me parlait, je ne pus m'empêcher de penser à la singularité des circonstances qui nous rapprochaient encore une fois, ce qui me fit naître une foule d'autres idées. M. Forester me fit apporter quelques rafraîchissemens, et je m'assis. Pendant tout ce temps, une pensée me revenait toujours à l'esprit : « M. Falkland ne saurait jamais rien de cette rencontre; voici une occasion qui se présentait à moi, et si je n'en profitais pas, je méritais tout ce qu'il pourrait m'en arriver. J'étais à même de conférer avec un ami, un ami puissant, sans crainte d'être épié ou surveillé. » Est-il surprenant que j'aie été tenté de m'ouvrir à lui, non pas sur le sort de M. Falkland, mais sur ma propre situation, et de prendre les conseils d'un homme

de mérite et d'expérience, quand j'avais
à ce qu'il me semblait les moyens de le
faire, sans entrer dans le moindre détail qui pût être injurieux à mon
maître ?

M. Forester n'avait guères moins d'empressement de son côté, d'apprendre
pourquoi je me trouvais malheureux,
et pourquoi, pendant les derniers jours
de sa résidence chez nous, j'avais évité
sa compagnie d'une manière aussi mar-
quée que j'avais paru d'abord la rechercher. Je lui répondis qu'il ne pouvait attendre de moi sur cet article,
qu'une satisfaction assez imparfaite,
mais que je lui donnerais avec plaisir
tous les éclaircissemens qui étaient en
mon pouvoir. « Le fait est, poursui-
» vis-je, que pour certaines raisons,
» il m'est impossible d'avoir un seul
» moment de tranquillité, tant que je
» serai sous le même toît que M. Fal-
» kland. C'est une matière que j'ai
» roulé cent fois dans ma tête en tous

» les sens possibles, et je suis à la fin
» convaincu que je me dois à moi-
» même de me retirer de son service. »
J'ajoutai que je me doutais bien que
par cette demi-confidence, je m'expo-
sais à me voir désapprouvé plutôt que
soutenu par lui, mais je lui déclarai
que j'étais fermement convaincu que
s'il était possible qu'il fût tout ce dont
il s'agissait, quelqu'étrange que ma conduite pût lui paraître pour le moment,
il ne manquerait pas d'applaudir à ma
réserve.

Il parut rêver pendant un moment
sur ce que je venais de lui dire, et puis
me demanda quelle raison j'avais de me
plaindre de M. Falkland? Je répliquai
que je conservais le plus profond respect pour mon maître; que j'admirais
ses rares et excellentes qualités; que
je le regardais comme formé pour le
bien de l'espèce humaine; que je serais
à mes propres yeux le dernier des
hommes, si je me permettais un seul mot

qui fût à son désavantage ; mais que
tout cela ne servait à rien ; que je ne
pouvais lui convenir ; que peut-être je
ne valais pas assez pour lui ; et qu'enfin,
quoi qu'on pût dire, j'étais certain d'être
extrêmement malheureux tant que je
resterais dans sa maison.

J'observai que M. Forester me fixait
avec beaucoup de curiosité et de surprise, mais je ne m'arrêtai pas pour le
moment à cette circonstance. Revenu à
lui-même, il me demanda pourquoi la
chose étant ainsi je ne quittais pas son
service. Je lui répondis qu'il touchait
là le point qui contribuait le plus de
tous au malheur de ma position. Que
M. Falkland n'ignorait pas combien mon
sort actuel me déplaisait ; peut-être lui
paraissais-je déraisonnable, injuste ; mais
je savais très-bien qu'il n'en viendrait
jamais à donner son consentement à ce
que je m'en allasse de chez lui.

M. Forester m'interrompit alors, et
me dit en souriant que je me créais des

fantômes, et que je m'exagérais mon importance, ajoutant qu'il se chargerait de
lever la difficulté ainsi que de me procurer une place qui me fût plus agréable.
Son offre m'allarma sérieusement. Je
répliquai que je le suppliais de ne songer
pour rien au monde, à s'ouvrir sur ce
sujet à M. Falkland. J'ajoutai que peut-
être ne faisais-je que montrer ma faiblesse, mais que dans la vérité, aussi peu
au fait du monde et des affaires que je
l'étais, malgré toute ma répugnance à
garder ma place, je craignais de m'aller
exposer, de propos délibéré, au ressentiment d'un homme aussi puissant que
M. Falkland; que si lui, M. Forester,
avait la bonté de m'aider de ses conseils
dans cette circonstance, ou seulement
qu'il me permît de compter sur sa protection, dans le cas de quelque événement que je ne prévoyais pas, c'était
tout ce que j'osais lui demander; et
qu'avec un tel encouragement je pourrais me hasarder à suivre mon penchant

avec plus d'assurance , et à travailler
moi-même à recouvrer ma tranquillité.

Après que je me fus ainsi ouvert à
ce généreux ami, autant que je pouvais
le faire sans manquer aux convenances,
et sans compromettre ma propre sûreté,
il resta quelques momens en silence, et
paraissant réfléchir profondément. A la
fin m'adressant la parole avec un air de
sévérité qui ne lui était pas ordinaire:
« Jeune homme, me dit-il , j'ai peur
» que vous ne fassiez pas assez d'atten-
» tion à la nature des choses que vous
» venez de me dire. Il y a là du mystère;
» il y a quelque chose que vous ne
» pouvez pas prendre sur vous de me
» déclarer; le mystère suppose toujours
» quelque grand tort d'une manière ou
» de l'autre; que dois-je penser de vous ?
» Sentez-vous quelle prévention vous
» faites naître vous-même contre vous
» dans le début de votre carrière? »

Je répondis que quelle que pût être

cette prévention, j'étais forcé de m'y soumettre ; mais que la droiture et la pureté de son cœur me faisaient espérer qu'il ne donnerait pas une mauvaise interprétation à une réserve indispensable.

Il reprit : « Fort bien, fort bien, il » en sera ce que vous voudrez. il était » absolument nécessaire que je vous » donnasse cet avertissement. Je vous » déclare que je n'approuve nullement » cette conduite, et que je suis persuadé » qu'aucune explication possible ne sau- » rait la justifier. Quelle bonne raison » pourriez-vous donner d'une aussi » étrange obstination ? Croyez que je » suis dans le cas d'en juger mieux que » vous, et je vous exhorte à agir tout » autrement. »

« Monsieur, répondis-je, ce n'est » qu'après y avoir bien réfléchi que je » vous parle ainsi. Je vous ai fait con- » naître la résolution que j'ai prise, et » quelles qu'en soient les conséquences,

» je ne dois pas m'en départir. Si, dans le
» malheur que j'éprouve, vous me re-
» fusez vos secours, tout est dit; cette
» ouverture de ma part ne m'aura servi
» à rien qu'à vous déplaire et à vous
» donner de moi une mauvaise opinion.»

« Non, non, reprit-il, tout n'est pas
» dit pour cela. Vous avez une fort
» mauvaise tête, et il faut que j'aie l'œil
» sur vous. Je ne puis avoir en vous
» autant de confiance que j'en ai eu
» jusques à présent; mais je ne vous
» abandonnerai pas pour cela. En dépit
» de tous mes principes, la balance
» penche encore pour vous. Combien
» de temps s'y tiendra-t-elle; c'est ce que
» je ne saurais dire; car vous lui avez
» donné une furieuse secousse. Je ne
» m'engage à rien; mais j'ai pour règle
» d'agir exactement comme je suis af-
» fecté. Je ferai donc pour le moment
» ce que vous désirez de moi : Dieu
» veuille que ce soit pour le mieux. Soit
» à présent, soit dans un autre temps,

» je vous recevrai dans ma maison avec
» la confiance que je n'aurai pas lieu
» de m'en repentir, et que tout ceci
» s'éclaircira aussi favorablement que
» peut le désirer l'homme le plus jaloux
» de votre bien-être. »

Nous en étions ainsi à traiter cette
matière si importante pour ma tranquillité, avec tout l'intérêt qu'elle méritait,
quand un événement, le plus cruel de
tous ceux que j'aurais pu redouter, vint
nous interrompre. Sans se faire annoncer,
et comme si la foudre l'eût vomi sur nous,
M. Falkland parut dans la chambre. J'appris ensuite que M. Forester était venu
jusqu'à cet endroit pour aller à la rencontre de M. Falkland, avec lequel il
avait rendez-vous à la poste voisine.
M. Forester avait été retenu dans l'auberge où nous étions, par notre conversation, qui lui avait fait un moment
oublier son rendez-vous, tandis que
M. Falkland, ne le trouvant pas au lieu
indiqué, avait toujours été en avant sur

la route de la maison de son frère. Mais,
pour moi, cette rencontre était alors la
chose la plus inexplicable du monde.

En un instant je prévis l'affreuse complication de malheurs que renfermait
cet événement. Aux yeux de M. Falkland l'entrevue d'entre moi et son parent devait paraître l'effet non du hasard,
mais d'un projet concerté. J'étais totalement hors de la route du lieu où il
m'avait envoyé; j'étais dans un chemin
qui conduisait directement à la maison
de M. Forester. Que devait-il penser de
ceci ? Pour quel motif me pouvait-il
supposer en cet endroit ? Que j'eusse
dit la vérité, c'est-à-dire que j'étais venu
là sans dessein et simplement parce que
je m'étais égaré, j'aurais eu l'air de débiter un mensonge le plus impudent
qu'on eût jamais inventé.

Me voilà donc pris sur le fait, et en
relation avec l'homme dont la société
m'avait été si sévérement interdite. Mais,
dans la circonstance, cette relation avait

un caractère bien différent de celle qui
avait déjà causé tant d'inquiétudes à
M. Falkland. Alors elle avait lieu ouvertement et sans mystère ; ainsi la présomption était qu'elle n'avait pour objet rien
qui fût dans le cas d'être caché. Mais
l'entrevue actuelle, en la supposant concertée, avait, au dernier dégré, tous
les caractères de la clandestinité. Etn on-
seulement elle était clandestine, elle
était encore de ma part une entreprise
excessivement périlleuse. C'était avec les
plus terribles menaces qu'une relation
avec M. Forester m'avait été défendue,
et M. Falkland n'ignorait pas quelle
profonde impression ces menaces avaient
faites sur mon imagination. Ainsi une
telle rencontre ne pouvait pas avoir été
concertée pour un objet ordinaire, pour
un objet dont la seule pensée ne le mît
pas au supplice. Tel était mon crime ;
telle était l'angoisse affreuse que devait
causer ma présence en ce lieu ; et il était
raisonnable de supposer que la peine

qui m'était réservée y serait proportion-
née. Les menaces de M. Falkland retentissaient encore à mon oreille, et j'étais
dans un vrai délire de terreur.

La conduite du même homme est souvent si différente d'elle-même, dans
certaines circonstances, qu'elle est impossible à expliquer. Dans cette crise si
terrible pour lui, M. Falkland ne parut
pas le moins du monde agité par ses
passions. Il fut un moment muet de surprise ; ses yeux furent comme éblouis
de ce qu'ils voyaient, mais la minute
d'après, pour ainsi dire, il fut parfaitement calme et maître de lui-même.
S'il en eut été autrement, je ne doute
pas que je n'eusse osé entreprendre une
explication, et y mettre tant de franchise
et d'assurance qu'elle n'eût pu produire
qu'un très-bon effet pour moi. Mais,
dans cet état de choses, je me laissai
subjuguer ; je cédai, comme j'avais déjà
fait, à l'influence accablante de la surprise. A peine osais-je souffler ; je regar-

dais tous les objets d'un air inquiet et stupide. M. Falkland, tranquillement, m'ordonna de retourner au logis et de prendre avec moi le valet qu'il avait amené avec lui. J'obéis sans dire un mot.

J'ai su par la suite qu'il s'était informé de M. Forester, dans le plus grand détail, des circonstances de notre rencontre, et que celui-ci voyant que le fait était découvert, et se laissant aller à cette habitude de franchise si difficile à contraindre quand elle a bien pris racine dans un caractère, avait raconté à M. Falkland tout ce qui s'était passé, sans taire même les observations que ma confidence lui avait fait faire. M. Falkland avait répondu à cette communication par un silence étudié et équivoque, qui n'avait nullement opéré à mon avantage sur l'esprit déjà prévenu de M. Forester. Ce silence était en partie une suite de l'état d'attention et d'anxiété où était son esprit; peut être aussi était-

il

il en partie calculé pour l'effet qu'il devait naturellement produire; M. Falkland n'étant nullement éloigné d'encourager des préventions contre la réputation d'un homme qui pouvait quelque
jour attaquer la sienne.

Quant à moi, je repris le chemin du
logis, car il n'y avait pas à résister.
M. Falkland, avec un dessein auquel il
avait su donner adroitement l'apparence
d'un hasard, avait eu soin d'envoyer
avec moi un garde pour accompagner
son prisonnier. Il me semblait que j'é-
tais conduit à l'une de ces forteresses
fameuses dans l'histoire du despotisme,
où le sort de la malheureuse victime
reste inconnu pour jamais; et quand
j'entrai dans ma chambre, je me regardai comme dans un cachot. Je son-
geai que j'étais à la merci d'un homme
dont ma désobéissance avait exaspéré la
cruauté déjà exercée par des meurtres
successifs. Quelquefois je m'étais bercé
des plus brillantes chimères, j'avais rêvé

Tome II. 7

les plaisirs , l'autorité , les honneurs
m'environnant au milieu de ma carrière.
Eh! qui n'en a fait autant? sur-tout
quand on est né avec une imagination
aussi active et une ame aussi ardente
que la mienne? Ces riantes perspectives
se fermaient pour jamais; je tombais à
l'entrée de cette carrière que j'avais
parcourue si long-temps en idée, avec
d'inexprimables délices; ma mort pouvait n'être différée que de quelques
heures. J'étais la victime sacrifiée au
tourment d'une conscience coupable,
aussi incapable de repos qu'insatiable
de crimes; j'allais être effacé de la liste
des vivans, et mon sort resterait enseveli dans un secret éternel; l'homme qui
allait ajouter mon homicide à tous ses
crimes passés, se montrerait le lendemain au public, et recevrait encore les
applaudissemens et les témoignages de
l'admiration des hommes.

Au milieu de toutes ces épouvantables
images, une idée vint adoucir un peu

mes souffrances ; c'était le souvenir de
cette tranquillité si étrange et si inexplicable qu'avait montrée M. Falkland
au moment où il m'avait découvert en
tête-à-tête avec M. Forester. Ce n'e t pas
que j'y fusse trompé ; je savais fort bien
que ce calme était passager et qu'il serait suivi d'une tempête horrible et d'un
déluge des plus féroces passions. Mais
un homme poursuivi par des terreurs
telles que les miennes, s'accroche au
moindre roseau. Je me dis à moi-même
que cette tranquillité était un moment
important à saisir ; que plus il devait
être d'une courte durée, plus il fallait
se hâter d'en profiter. Je ne pouvais pas
supporter l'idée que ce serait peut-être
par faute d'activité ou de hardiesse de
ma part que les craintes dont j'étais as-
sailli viendraient à se réaliser. En un
mot, par la raison même que je redou-
tais déjà la vengeance de M. Falkland,
je pris la résolution de risquer la possibilité de la rendre encore plus implaca-

ble et de terminer tout d'un coup mes affreuses incertitudes. Ajoutez à ceci, que j'avais déjà fait part à M. Forester de la position où j'étais, et qu'il m'avait donné une assurance positive de sa protection. Cette pensée revenait volontiers à mon esprit, qui y puisait encore de l'encouragement et de la consolation dans ma situation désespérée. Poussé par ces réflexions, je me mis à écrire la lettre suivante à M. Falkland.

Monsieur,

« J'ai formé le projet de quitter votre
» service; c'est une mesure que nous de-
» vons tous les deux désirer. Alors je re-
» deviendrai, comme il est juste, maître
» de mes actions, et vous vous serez
» délivré de la présence d'une personne
» dont vous ne supportez la vue qu'avec
» répugnance.»

« Pourquoi voudriez-vous m'assujet-
» tir à une pénitence éternelle? Pour-
» quoi voudriez-vous étouffer dans la

» souffrance et le désespoir toutes les
» espérances de ma jeunesse ? Consultez
» les principes d'humanité qui ont mar-
» qué le cours de toutes vos actions, et
» que je ne sois pas, je vous en supplie,
» l'objet d'une rigueur inutile. Mon
» cœur est pénétré de reconnaissance
» pour toutes vos bontés. Pardonnez à
» mon sincère repentir les fautes de ma
» conduite. Je regarde le traitement
» que j'ai reçu dans votre maison,
» comme une suite presque continuelle
» de bienfaisance et de générosité. Je
» n'oublierai jamais les obligations que
» je vous ai, et jamais je n'y serai in-
» fidèle.

» Je demeure, monsieur,

» Votre très-reconnaissant, très-
» respectueux et très-dévoué
» serviteur,

» CALEB WILLIAMS. »

Ce fut ainsi que j'employai la soirée

d'un jour à jamais mémorable dans l'histoire de ma vie. M. Falkland n'étant pas
encore rentré, quoiqu'on l'attendît d'un
moment à l'autre j'eus l'idée de me servir du prétexte de la fatigue, pour es-
quiver une entrevue avec lui. Je me
mis au lit. Le lendemain matin j'appris
qu'il n'était revenu que fort tard, qu'il
m'avait fait demander, et qu'ayant su
que j'étais au lit, il n'en avait pas dit
davantage. Assez satisfait de ce rapport,
je descendis au sallon du déjeûner, et
j'y restai quelque temps à arranger des
livres et à terminer quelques autres petites occupations, en attendant que monsieur Falkland parût. Au bout de quelques minutes, je reconnus son pas que
je distinguais à merveille, dans le corri-
dor du sallon. A l'instant même il s'arrêta, et je l'entendis qui parlait à quelqu'un, d'un ton assez délibéré quoiqu'en
baissant un peu la voix; mais, par mon
nom qu'il répéta à plusieurs fois, je
compris qu'il s'informait de moi. Alors,

conformément au plan auquel j'avais
cru devoir m'arrêter, je posai ma lettre
sur la table à l'endroit où il avait coutume de s'asseoir, et je sortis par une
porte au moment où il entrait par l'autre.
Cela fait je me retirai, dans l'attente de
l'événement, à une petite pièce qui formait cabinet au bout de la bibliothèque,
et où je me tenais assez souvent.

Il n'y avait que trois minutes que j'y
étais quand j'entendis la voix de M. Falkland qui m'appelait. Je vins à la bibliothèque, où il était. « Voici votre lettre »,
me dit-il, en la jetant devant moi. Il
avait l'air d'un homme qui médite quelque chose de terrible, et qui cherche à
se donner un extérieur d'indifférence
et d'insensibilité. Je ne puis pas me faire
l'idée d'une contenance plus propre à
imprimer l'horreur ou à jeter l'alarme
dans le cœur de la personne qui se
trouvait être le second d'une pareille
entrevue.

« Mon cher, continua-t-il, je crois

» que vous m'avez montré à-peu-près
» tous vos tours, et que je sois damné,
» si la farce n'est pas bientôt à sa fin.
» Avec vos petites gentillesses et toutes
» vos escapades, vous m'avez pourtant
» appris quelque chose; c'est qu'au lieu
» de me tourmenter comme j'ai fait,
» pour éviter vos piqûres, je ne bron-
» cherai pas, à présent, plus qu'un
» éléphant. Je vous écraserai, au bout
» de tout, avec la même indifférence
» que je le ferais de tout autre mé-
» chant petit insecte qui troublerait ma
» tranquillité.

   » Je crois que vous avez vous-même
» prononcé sur votre sort. Je suis à-peu-
» près sûr que vous ne serez pas con-
» tent que vous ne m'ayez attiré tout
» entier sur vous. Au reste, vous pou-
» vez essayer. La seule chance qu'il y
» ait pour vous est dans la patience à
» endurer ce qui vous attend. Je suis
» à présent parfaitement insensible à
» tout ce que vous pouvez avoir à souf-

» frir, mais je n'y trouve aucun plaisir.
» Je vous laisserai là, s'il m'est pos-
» sible.

» Je ne sais ce qui a donné lieu à
» votre entrevue d'hier avec M. Fo-
» rester; c'est peut-être dessein ; c'est
» peut-être hasard ; mais que ce soit ce
» que cela voudra, je ne l'oublierai
» pas. Vous m'écrivez ici que vous avez
» envie de quitter mon service. A cela,
» ma réponse est bientôt faite : vous ne
» le quitterez qu'avec la vie. Si vous
» en faites seulement la tentative, c'est
» une sottise que vous aurez à maudire
» tant que vous existerez. C'est-là ma
» volonté; il n'y a pas à y résister. Le
» moment où vous me désobéirez sur
» cet article, comme sur tout autre,
» sera celui qui mettra fin pour jamais
» à vos extravagances. Il se peut que
» votre situation soit très-misérable ;
» c'est votre affaire. Tout ce que je
» sais, c'est qu'il ne tient qu'à vous
» d'empêcher qu'elle ne devienne pire.

7*

» il n'y a ni chance, ni temps qui
» puisse la rendre meilleure.

» N'allez pas croire que j'aie peur de
» vous. Je porte une armure contre la-
» quelle tous vos traits sont impuissans.
» J'ai creusé un abîme pour vous, et
» de quelque côté que vous veuilliez
» remuer, en avant ou en arrière, à
» droite ou à gauche, il est tout prêt
» à vous engloutir. Gardez-vous de faire
» le moindre mouvement. Si une fois
» vous y tombez, vous pourrez appeler
» à vous si haut qu'il vous plaira, il
» n'y aura pas d'homme sur terre qui
» entende vos cris; arrangez une his-
» toire quelque plausible, quelque
» vraie même qu'elle soit, le monde
» entier vous aura en exécration comme
» un vil imposteur. Votre innocence
» ne vous servira à rien; je me ris d'une
» aussi faible défense. C'est moi qui
» vous dis cela; vous pouvez m'en
» croire. Est-ce que vous ne savez pas,
» misérable ver de terre », ajouta-t-il en

changeant de ton, tout-à-coup et en
frappant la terre avec furie, « que j'ai
» juré de conserver à tout prix ma ré-
» putation, qui m'est plus chère que
» l'univers et tous ses habitans pris en-
» semble ? Et vous avez cru pouvoir y
» toucher ! Allez, reptile ; cessez de
» lutter contre un pouvoir insurmon-
» table. »

Cet endroit de mon histoire est celui
sur lequel je réfléchis avec moins de com-
plaisance. Comment se fit-il que je fus
encore une fois entièrement subjugué
par le ton impérieux de M. Falkland,
et que je n'eus pas la force de proférer
un mot ? Le lecteur aura occasion de
l'apercevoir par la suite, en beaucoup
de circonstances, que je ne manquais ni
de facilité, pour imaginer des ressources,
ni de courage pour entreprendre ma jus-
ification. La persécution a donné à la
un de la fermeté à mon caractère, et
elle m'a appris à me comporter en homme.
Mais dans la circonstance actuelle, je fus

étourdi, confondu, muet d'effroi et d'irrésolution.

Le discours que je venais d'entendre
était dicté par la frénésie, et il fit naître
en moi un transport du même genre. Il
me détermina à faire la chose même
qu'on m'interdisait avec des menaces si
redoutables, et à fuir sur-le-champ de
la maison de mon maître. Je ne pouvais
pas m'expliquer avec lui; je ne pouvais
pas non plus endurer le joug honteu
qu'il m'imposait. Ce fut en vain que l
raison vint à mon secours, et m'averti
de la témérité d'une mesure prise san
maturité et sans préparation. J'étais dan
un état où la raison n'avait plus de pou
voir. Il me semblait que j'aurais pû froi
dement examiner toutes les objection
et les raisonnemens qui s'élevaient contr
mon projet, apercevoir que la prudence
la vérité, le sens commun même étaien
de leur côté, et dire au bout de tout cela
je suis entraîné par un guide plus éner
gique et plus puissant que vous.

Je ne fus pas long à mettre en exécution ce que j'avais si promptement résolu. Je fixai le soir même pour l'époque de mon évasion. J'avais peut-être, même dans un intervalle aussi court, assez de temps pour délibérer. Mais toute réflexion était inutile ; mon parti était pris, et chaque moment qui s'écoulait ne faisait qu'ajouter à l'impatience inexprimable avec laquelle je brûlais de me mettre en liberté. Les heures s'observaient régulièrement dans la maison ; et celle que je choisis pour mon entreprise, ce fut une heure du matin. Je descendis tranquillement de ma chambre, une lampe à la main ; je suivis un passage qui conduisait à une petite porte donnant sur le jardin, ensuite je traversai le jardin jusques à une barrière qui séparait une allée d'ormes et un sentier du dehors de la maison.

A peine pouvais-je en croire ma bonne fortune quand je vis mon projet aussi avancé vers son exécution, sans qu'il se

fût présenté le moindre obstacle. Les images terribles que les menaces de M. Falkland me mettaient sans cesse devant les
yeux, me faisaient craindre de me voir
arrêté et découvert à chaque pas, quoique la passion qui m'entraînait me fît
toujours avancer avec la résolution du
désespoir. Apparemment qu'il comptait
trop sur l'effet de l'avertissement qu'il
venait de m'intimer d'un ton si impérieux et si significatif, pour juger nécessaire de prendre quelques précautions
contre un pareil événement. Quant à
moi, ravi de la manière favorable dont
s'était terminée ma sortie, j'en tirai un
excellent augure pour la réussite finale
de mon entreprise.

CHAPITRE IX.

Le premier plan qui m'était venu à l'idée, c'était de gagner la grande route la plus voisine, et de prendre le premier carrosse public allant à Londres. J'imaginai que je serais là plus à l'abri des recherches, si la vengeance de M. Falkland le portait à me poursuivre, et je ne doutai pas de trouver bientôt parmi les ressources multipliées de la capitale, une manière avantageuse de placer ma personne et mes talens. Dans mon arrangement, je gardai M. Forester comme une dernière ressource, à laquelle je n'aurais recours que dans le cas où j'aurais besoin d'une protection directe contre les traits du pouvoir et de la persécution. Ce qui me manquait surtout, c'était cette expérience du monde qui peut seule nous rendre fécond en ressources, ou au moins nous mettre à portée d'établir une juste comparaison entre celles qui s'offrent à nous.

Après avoir arrangé ma marche, le cœur rempli de joie, je poursuivis le sentier détourné dans lequel je me trouvais. Il faisait une nuit fort sombre, et il tombait une petite pluie très-fine; mais à peine m'en apercevais-je, jamais le ciel ne m'avait paru si serein et si brillant. Je ne touchais pas à terre. « Je suis » libre, me répétais-je mille fois à moi- » même. Qu'ai-je à démêler à présent » avec les dangers et les alarmes? Je sens » que je suis libre; je sens que je res- » terai toujours libre. Y a-t-il une puis- » sance capable de retenir dans les » chaînes une ame ardente et détermi- » née? Y a-t-il une puissance qui ait » le droit d'infliger la mort à un homme » quand toutes les facultés de son être » lui commandent de vivre? » Je ne re- portais plus qu'un œil d'horreur et d'in- dignation sur le honteux assujettisse-

ment dans lequel j'avais été tenu. Je ne
sentais pas de haine contre l'auteur de
mes infortunes ; la justice et la vérité ne
me désavoueront pas ; je n'éprouvais
que de la pitié pour la cruelle destinée
à laquelle il semblait condamné. Mais
ce n'était qu'avec un dégoût inexprimable que je pensais à ces erreurs qui
font que chaque homme est réservé à
être plus ou moins esclave ou tyran. Je
ne pouvais revenir de l'aveuglement du
genre humain, de ce qu'il ne se levait
pas tout entier pour secouer le joug insupportable de la misère et de l'iguomi-
nie. Quant à moi, je pris bien la résolution ; et c'est un résolution à laquelle
je n'ai jamais entièrement manqué, de
me tenir toujours hors de cet odieux
théâtre, et de ne jamais remplir le rôle
d'opprimé ni d'oppresseur.

Pendant tout le cours de cette expédition nocturne, mon esprit demeura
dans la chaleur de l'enthousiasme, plein
de hardiesse et de confiance, et accès-

sible seulement à ce qu'il fallait de crainte pour le tenir dans une douce émotion, mais non pour me causer rien de pénible ou de douloureux. Après trois heures de marche j'arrivai sans accident au village où je comptais prendre une place pour la capitale. Si matin, tout était tranquille, aucun son de créature humaine ne frappa mon oreille. Ce ne fut qu'avec grande difficulté que je parvins à me faire introduire dans la cour d'une auberge où je trouvai un garçon d'écurie qui pensait ses chevaux. Je reçus de lui l'information peu agréable que le carrosse ne passant par cet endroit que trois fois par semaine, on ne l'attendait pas avant le lendemain six heures du matin.

Cette nouvelle commença à rabattre un peu les transports d'ivresse auxquels j'étais livré depuis l'instant où j'avais quitté la maison de M. Falkland. Toute ma fortune en argent comptant montait à environ onze guinées. J'en avais bien

à peu près cinquante de plus qui m'é-
taient venues de la succession de mon
père; mais cette somme était placée de
de manière à n'être pas à ma disposition
pour l'instant, et je doutais même si je
ne ferais pas mieux au bout du compte
d'y renoncer tout-à-fait que de m'exposer en la réclamant à laisser un fil à mon
persécuteur pour suivre mes traces, ce
que j'avais le plus à redouter au monde.
Il n'y avait rien que je désirasse aussi
ardemment que d'anéantir tout moyen
de communication entre nous pour l'a-
venir, de manière qu'il ne sût pas
même si j'existais encore, et que de
mon côté je n'entendisse pas seulement
prononcer le nom de mon ancien maître.

Dans l'état où étaient mes affaires, je
entis que l'économie n'était pas une
vertu à négliger, hors d'état, comme
e l'étais, de prévoir les retards ou les
bstacles qui pourraient contrarier mes
projets quand une fois je serais arrivé à
Londres. Pour cette raison et pour

d'autres encore, je crus devoir persister dans mon premier plan de voyager par le carrosse; la seule chose qui me restait à considérer, c'était de savoir comment je m'arrangerais pour qu'un délai de vingt-quatre heures ne devînt pas pour moi, par quelque fâcheuse rencontre, une nouvelle source de calamités. Il n'était nullement prudent de passer tout ce temps au village où je me trouvais; il ne me semblait même pas à propos de l'employer à continuer mon chemin à pied sur la grande route. En conséquence je me décidai à faire un circuit, dont la direction semblait d'abord s'écarter extrêmement de la route que je projettais; mais qui, rabattant tout d'un coup dans une autre chemin de traverse, me mettrait à même de gagner à la chute du jour une ville de marché plus voisine de douze milles de la capitale.

Après avoir ainsi fait mon arrangement pour la journée, et m'être bien

convaincu que c'était le plus convenable
aux circonstances, je chassai de mon
esprit toutes mes inquiétudes, et je me
laissai aller à tous les différens sujets de
distraction qui s'offraient à moi. Je
m'arrêtais ou bien je poursuivais ma
route, suivant l'impulsion du moment.
Tantôt, couché sur un rivage, je restais plongé dans une douce rêverie ;
tantôt j'examinais en détail les différentes vues qui se succédaient les unes
aux autres. Les brouillards du matin se
dissipèrent, et firent place à un ciel pur
et fortifiant. Avec cette ductilité d'esprit qui caractérise si bien la jeunesse,
j'oubliai en un instant les alarmes qui
étaient depuis long-temps mes compagnes inséparables, et je vis l'avenir se
déployer devant moi sous mille formes
toujours nouvelles. A peine si, dans
tout le cours de mon existence, j'ai
passé une journée de jouissances plus
délicieuses et plus variées. Elle formait
un contraste bien marqué et peut-être

assez salutaire avec les terreurs qui l'a-
vaient précédée et les scènes terribles
qui devaient la suivre.

J'arrivai le soir au lieu de ma desti-
nation; je m'informai de l'auberge où le
carrosse avait coutume de loger. Comme
j'entrais dans la cour je fus abordé par
un homme à cheval qui y entrait au
même instant, et qui me demanda si je
ne m'appelais pas Williams.

Quoiqu'il fît déjà presque nuit quand
j'avais gagné l'entrée de la ville, j'avais
remarqué ce même homme qui venait
en sens contraire au mien, et m'avait
croisé à environ un demi-mille de là. Il
m'avait lui-même observé avec un air
de curiosité qui m'avait déplu, et autant
que j'avais pu le distinguer, il m'avait
paru d'assez mauvaise mine. Il n'y avait
pas deux minutes qu'il m'avait dépassé,
lorsque j'avais entendu le pas d'un cheval qui avançait lentement derrière moi.
Cette circonstance m'avait causé quelque
inquiétude. J'avais d'abord ralenti ma

marche, et ceci ne m'ayant servi de rien, je m'étais arrêté pour laisser passer le cavalier; ce qu'il avait fait. Un coup-d'œil que j'avais jeté sur lui, m'avait fait penser que c'était le même homme que j'avais déjà remarqué. Il avait pressé le pas de son cheval, et était entré dans la ville. J'avais continué, et peu de temps après, je l'avais vu à la porte d'un caba-ret buvant un pot de bierre; ce que ce-pendant je n'avais pù apercevoir à cause de l'obscurité, sinon à l'instant même que j'avais été tout près de lui. J'avais été toujours en avant et ne l'avais pas revu, si ce n'est, comme je l'ai déjà dit, quand il m'aborda dans la cour de l'au-berge.

Cette aventure avait, pendant ma rou-te, chassé la gaîté de mon esprit, et y avait fait naître mille idées sinistres. Ce-pendant, en y pensant davantage, mes craintes m'avaient paru sans fondement; si j'étais poursuivi, il me semblait que ce devait être nécessairement par quel-

qu'un des gens de M. Falkland, et non
pas par un étranger. Or, cet homme,
j'étais bien sûr de ne l'avoir jamais vu
de ma vie. Je m'étais cru dispensé même
des préventions les plus simples, étant
déjà presque nuit. Enfin, je m'étais déterminé à aller jusques à l'auberge pour
y prendre les informations dont j'avais
besoin.

Je n'eus pas plutôt entendu le bruit
du cheval, à mon entrée dans la cour,
ainsi que la question qui me fut faite
par le cavalier, qu'aussitôt j'eus l'esprit
frappé de l'affreuse certitude de tout
ce que je craignais. Tout incident qui
avait quelque liaison avec la situation à
laquelle je venais d'échapper était fait
pour me glacer d'effroi. Ma première
idée fut de m'enfuir à travers champs,
et de me fier pour ma sûreté à la vitesse
de mes jambes ; mais la chose n'était
guères praticable ; je remarquai que mon
adversaire était seul, et il me sembla
que d'homme à homme je pouvais rai-
sonnablement

sonnablement espérer, de manière ou
d'autre, de m'en débarrasser, soit par
une ferme résolution, soit par les ressources de mon esprit.

Cette détermination prise, je lui répondis d'un ton brusque et résolu, que
j'étais bien celui qu'il avait nommé. « Je
» devine bien », ajoutai-je « pourquoi
» vous venez, mais c'est inutile ; vous
» voudriez me ramener au château de
» Falkland, mais on ne m'arrachera ja-
» mais en vie de cette place. Je n'ai
» pas pris mon parti avant d'y avoir
» bien réfléchi, ni sans avoir de fortes
» raisons, et puisque je l'ai pris, l'uni-
» vers entier ne me le ferait pas chan-
» ger. Je suis Anglais, dieu merci, et
» le privilége d'un Anglais, c'est d'être
» seul maître et seul juge de ses actions. »

« Hé ! là, là, me dit-il, calmez-vous
» un peu. Pour quoi diable vous pres-
» ser si fort de deviner mes intentions,
» et de me dire les vôtres ? Mais au reste,
» vous avez deviné juste, et peut-être

» avez-vous à vous applaudir de ce
» qu'il n'y a rien de plus fâcheux pour
» vous dans ma commission. Ce qu'il
» y a de sûr, c'est que M. Falkland
» compte bien que vous allez revenir
» avec moi; et de plus, j'ai une lettre
» pour vous, et peut-être, quand vous
» l'aurez lue, ne serez-vous pas aussi
» obstiné. Si cela ne suffit pas, on verra
» après ce qu'on aura à faire. »

En disant ceci, il me donna la lettre;
elle était de M. Forester, qu'il avait
laissé, à ce qu'il me dit, à la maison
de mon maître. Voici ce qu'elle portait:

WILLIAMS,

« Mon frère Falkland a envoyé le
» porteur de la présente pour vous
» chercher. Il s'attend que si on vous
» trouve, vous reviendrez à la maison.
» Je m'y attends aussi. Cela est de la
» dernière conséquence pour votre
» honneur et votre réputation. Quand
» vous aurez lu ceci, si vous êtes un

» bas et méprisable coquin , vous cher-
» cherez peut-être à vous enfuir. Si
» votre conscience vous dit que vous
» êtes innocent , il n'y a pas le moindre
» doute que vous reviendrez. Apprenez-
» moi si j'ai été votre dupe et si , au
» moment où je me laissais aller à votre
» extérieur de candeur et de simplicité ,
» je n'étais que l'instrument d'un dé-
» terminé fripon. Si vous venez , j'en-
» gage ma foi que , pourvu que vous
» laviez votre réputation , non-seule-
» ment vous aurez la liberté d'aller par-
» tout où il vous plaira ; mais que vous
» aurez de moi tous les secours qui
» peuvent être en mon pouvoir. Pre-
» nez-y garde ! je ne m'engage à rien
» de plus. »

VALENTIN FORESTER.

Quelle lettre ! Pour une ame comme
la mienne , brûlante de l'amour de la
vertu , une pareille lettre était capable

de ramener, d'un bout du monde à l'autre, celui à qui elle était adressée. Les prisons, les tortures, les échafauds n'étaient rien auprès. Les idées qu'elle excita en moi remplirent toute la capacité de mon esprit, et fermèrent la porte à toute réflexion d'un autre genre.

Je repassais dans ma tête chaque incident remarquable qui avait pu m'arriver dans la maison de M. Falkland. Excepté l'affaire du coffre mystérieux, je ne me rappelais rien dont on pût faire sortir l'ombre d'une accusation de la nature de celle indiquée dans la lettre de M. Forester. Dans cette affaire, ma conduite, sans nul doute, avait été extrêmement répréhensible, et je n'y avais jamais repensé sans me la reprocher vivement. Mais je ne voyais pas que cette action fût de la nature de celles qu'on peut soumettre à la censure des lois. Bien moins encore pouvais-je me persuader que M. Falkland, que la seule possibilité de se voir découvert faisait

frissonner , et qui devait se regarder
comme entièrement à ma discrétion,
osât jamais mettre en avant un fait si
étroitement lié avec la cause de son supplice continuel. En un mot, plus je méditais sur les expressions du billet de
M. Forester , moins je pouvais m'imaginer la nature des scènes dont elles
étaient en quelque sorte le prélude.

Toutefois l'impossibilité de pénétrer
le mystère renfermé sous ces expressions n'était pas faite pour adoucir mes
craintes. Elle ne servait, au contraire,
qu'à rendre plus poignantes les alarmes
dont j'étais rempli. Elle subjuguait toutes
les facultés de mon ame , excepté mon
courage. Quelles étonnantes ressources
mon persécuteur avait-il donc à son
commandement? C'était maintenant que
je commençais vraiment à le redouter.
Toutes les terreurs qui jusqu'à présent
avaient obsédé mon esprit , me semblaient des jeux d'enfans en comparaison de ce que j'éprouvais. Mais que

pouvais-je faire? C'était un ennemi qu'il fallait affronter et non pas fuir. « Déchire-moi en pièces, m'écriais-je, » épouvantable et incompréhensible démon ! Suspends ce corps misérable » aux rayons d'un soleil brûlant qui le » dessèche en poussière ! Inflige-moi des » tortures lentes et raffinées, inouïes » jusqu'à ce jour ! tu le peux. Dans un » coin ou dans un autre de la terre, » tu peux m'atteindre ! Mais mon honneur ! mon honneur ne sera jamais ta » victime ! On m'entendra ; on connaîtra la vérité ; tous les artifices de » l'enfer ne sauraient l'empêcher. Je » puis être le plus infortuné des hommes ; mais mes persécuteurs eux-mêmes seront forcés de reconnaître » mon innocence.

» Ami, dis-je au porteur de la lettre, » après un long silence, vous avez raison. Vous m'avez remis une lettre bien » extraordinaire, en vérité ; mais j'y » obéirai. Certainement je vous suivrai

» à présent , quelles qu'en soient les
» conséquences. Jamais personne ne
» pourra jeter de blâme sur moi , tant
» qu'il sera en mon pouvoir de me laver
» moi-même. »

Je sentis que dans la position où me
mettait la lettre de M. Forester , il me
convenait de montrer , non pas une
simple volonté , mais l'empressement et
l'impatience de retourner. Nous nous
procurâmes un second cheval dans le
village , et nous fîmes notre route , mon
compagnon et moi , dans le plus parfait
silence. Pendant ce temps j'avais l'esprit
encore occupé à chercher l'explication
de la lettre de M. Forester ; mais tous mes
efforts ne me conduisaient à rien de sa-
tisfaisant. Je connaissais bien toute la
rigueur et l'inflexibilité de M. Falkland
à poursuivre les desseins qu'il avait le
plus à cœur ; mais je savais aussi que
tout principe de vertu et de magnani-
mité était naturel à son caractère.

Quand nous arrivâmes, il était plus de

minuit, et nous fûmes obligés de réveiller un des domestiques pour nous
ouvrir. Je trouvai que M. Forester, dans
l'idée que je pourrais arriver pendant la
nuit, avait laissé un mot pour moi, dans
lequel il me marquait de me mettre
aussitôt au lit, et de prendre soin de
n'être pas dans un état de fatigue ou
d'épuisement pour l'affaire du lendemain. Je tâchai de me conformer à son
avis, mais j'eus un sommeil fort agité
et très-peu rafraîchissant. Cela ne me
découragea pourtant pas; la singularité
de ma situation, mes conjectures sur le
présent, mes craintes sur l'avenir ne
m'auraient pas même laissé la possibilité
de m'abandonner à la langueur et à
l'inactivité.

Le lendemain matin, la première
personne que je vis, fut M. Forester.
Il me dit qu'il ne savait pas encore ce
que M. Falkland avait à alléguer contre
moi, parce qu'il n'avait pas voulu le
savoir. Il était venu le jour précédent

à la maison de son frère, où il avait
rendez-vous pour régler quelques affaires indispensables, avec l'intention
de repartir au moment où les affaires
seraient terminées , sachant bien que
cette façon d'agir serait la plus agréable
à M. Falkand. Mais il n'était pas plutôt
venu, qu'il avait trouvé toute la maison
en alerte, parce qu'on venait d'avoir depuis quelques heures la première nouvelle de mon évasion. M. Falkland avait
dépêché des domestiques à ma poursuite
sur tous les points ; et il en était revenu
un , au moment de l'arrivée de M. Forester , portant la nouvelle qu'une personne conforme au signalement donné,
avait été vue le matin à la ville , de-
mandant le carrosse pour Londres.

M. Falkland avait paru extrêmement
troublé de ce rapport, et s'était emporté
contre moi avec la dernière âcreté ,
m'appelant le plus ingrat et le plus dé-
naturé coquin du monde.

« Monsieur, avait repris M. Forester,

8 *

» prenez un peu plus garde à ce que
» vous dites; c'est un terme bien dur
» que celui de *coquin*, et il ne faut pas
» s'en servir légèrement. Les Anglais
» sont libres, et un homme né doit pas
» être appelé un *coquin* pour avoir
» voulu chercher une autre manière
» de gagner sa vie. »

M. Falkland avait secoué la tête, et
avec un sourire plein d'amertume: « Mon
» frère, mon frère, avait-il dit, vous
» êtes la dupe de ses artifices. Pour moi,
» il m'a toujours été suspect, et je me
» doutais de la perversité de son ca-
» ractère, mais actuellement j'ai des
» preuves..... »

« Arrêtez, monsieur, avait inter-
» rompu M. Forester, je croyais, je
» l'avoue, que dans un moment d'ai-
» greur, vous employiez contre lui
» des expressions dures sans y attacher
» de sens déterminé; mais si vous avez
» quelque grief sérieux contre Wil-
» liams, je vous prie, qu'il n'en soit pas

» question entre nous avant que je sache
» si ce garçon est à portée d'être enten-
» du. Pour mon propre compte, je ne
» me soucie guères de l'opinion des
» autres. C'est une chose que le monde
» accorde ou retire avec si peu d'exa-
» men, qu'il est impossible de rendre
» la moindre raison des jugemens qu'il
» porte. Mais cette considération ne
» m'autorise pas à prendre légèrement
» une mauvaise opinion de quelqu'un.
» Le moins que je puisse faire en faveur
» de ceux qui sont assez malheureux
» pour encourir le mépris et la haine
» publique, c'est d'exiger qu'ils aient
» été préalablement entendus dans leur
» défense. Une règle très-sage dans nos
» lois veut que le juge monte sur le
» siége sans rien connaître du fonds de
» la cause sur laquelle il a à prononcer;
» et, comme particulier, je suis dé-
» cidé à me conformer à cette règle. Je
» trouve juste de procéder contre un
» coupable d'une manière sévère et in-

» flexible; mais plus je mettrai de ri-
» gueur dans les conséquences, plus je
» veux d'impartialité dans les préli-
» minaires. »

Pendant que M. Forester me rappor-
tait ces détails, il me voyait prêt à l'interrompre à chaque mot, tant j'étais
tourmenté du besoin d'exprimer une
partie des sentimens qu'excitait en moi
son récit; mais il ne voulut jamais me
laisser parler : « Non, non, Williams,
» me dit-il, je n'ai pas voulu entendre
» M. Falkland contre vous; je ne veux
» pas non plus entendre votre défense.
» Dans ce moment-ci je suis venu pour
» vous parler, et non pas pour vous
» écouter. J'ai cru à propos de vous
» avertir de votre danger, mais je n'ai
» rien de plus à faire pour le présent.
» Réservez pour un autre moment ce
» que vous avez à dire; arrangez votre
» histoire du mieux qu'il vous sera pos-
» sible; vraie, si la vérité, comme je
» l'espère, peut vous amener à votre

» but, sinon la plus plausible et la plus
» ingénieuse que vous pourrez l'imagi-
» ner. Le soin de sa propre défense
» exige l'emploi de tous les moyens, et
» un homme qui se trouve mis en ju-
» gement a tout le monde contre lui,
» et a à se battre seul contre tous. Adieu,
» que le ciel vous envoie une heureuse
» délivrance, Si l'accusation de M. Fal-
» kland, quelle qu'elle soit, se trouve
» être l'effet de la précipitation, comp-
» tez sur moi comme sur un ami plus
» chaud que jamais; sinon, voici le
» dernier témoignage d'amitié que vous
» recevrez de moi. »

On peut croire que cette harangue si
singulière, si grave, si chargée de menaces conditionnelles, n'était guères
propre à adoucir l'anxiété de mon ame.
J'ignorais totalement les griefs qu'on
m'imputait, et ce n'était pas un petit
sujet de surprise pour moi, tandis qu'il
était en mon pouvoir d'être pour monsieur Falkland le plus formidable des

accusateurs, de voir cependant tous les principes de l'équité assez complètement renversés pour que l'homme innocent, et muni d'une arme aussi forte, fût la partie accusée et souffrante, au lieu d'avoir, comme il était juste, le véritable criminel à sa merci. J'étais encore plus étonné de cette puissance surnaturelle qui semblait être dans les mains de M. Falkland pour ramener ainsi, d'une manière irrésistible, dans la sphère de son autorité, l'objet de sa persécution, réflexion qui ne laissait pas de décourager un peu cette soif d'indépendance qui était alors la passion dominante de mon ame.

Mais ce n'était pas le moment des réflexions. Pour l'homme opprimé et malheureux, le cours des événemens paraît être lancé hors de sa portée, tandis qu'entraîné lui-même avec eux par une force insurmontable, tous ses efforts ne peuvent les atteindre pour en modérer la rapidité. On me laissa seulement quel-

ques instans pour me recueillir, et on
procéda à l'instruction de mon procès.
Je fus conduis à la bibliothèque où j'a-
vais passé tant de momens heureux dans
les plus douces méditations. Là, je trouvai M. Forester et trois ou quatre des
gens de la maison, déjà assemblés, et
qui m'attendaient ainsi que mon accusateur. Tout était disposé de manière à
me faire sentir que je n'avais à compter
que sur la justice des parties intéressées,
et que je ne devais rien attendre de
leur merci. M. Falkland entra par une
porte presqu'au moment où j'entrais par
l'autre.

CHAPITRE X.

Monsieur Falkland prit la parole :
« J'ai toujours eu pour maxime, dit-il,
» de n'être pour aucune créature vi-
» vante la cause volontaire d'un mal
» quelconque ; je n'ai pas besoin de dire
» tout ce qu'il m'en coûte de me voir
» obligé à me porter pour dénonciateur
» d'une action criminelle. J'aurais bien
» volontiers passé sous silence le tort qui
» m'a été fait ; mais je dois à la société
» de dévoiler un coupable, et d'empê-
» cher que les autres ne soient déçus,
» comme je l'ai été moi-même, par une
» apparence de probité. »

« Il serait mieux, interrompit M. Fo-
» rester, d'en venir droit au fait. Nous
» ne devons pas, dans un moment
» comme celui-ci, en faisant notre apo-
» logie, jeter, même sans le vouloir,
» une prévention défavorable sur un

» individu contre lequel une accusa-
» tion criminelle ne forme déjà que
» trop de préjugé. »

« J'ai les plus violens soupçons, con-
» tinua M. Falkland , que ce jeune
» homme, qui a été l'objet particulier
» de ma bonté et de ma confiance, m'a
» fait un vol considérable. »

« Quels sont , reprit M. Forester,
» les motifs de vos soupçons ? »

— « Le premier motif, c'est la perte
» que je viens de faire en billets de
» banque, bijoux et argenterie. Il me
» manque pour 900 liv. sterling de
» billets , trois répétitions en-or , d'un
» très-grand prix; une garniture com-
» plète de diamans qui me viennent de
» feue ma mère , et plusieurs autres
» effets. »

— « Et pourquoi », répliqua mon
arbitre, dont la voix et le maintien an-
nonçaient un effort extrême pour conserver son sang-froid , au milieu des
émotions de la surprise et de la douleur,

« pourquoi désignez-vous ce jeune
» homme pour l'auteur de ce vol?

— « En rentrant chez moi, un jour
» où le feu avait jeté l'alarme et le dé-
» sordre dans toute ma maison, je l'ai
» surpris sortant de la chambre où ces
» effets étaient déposés. Il a été con-
» fondu de me voir, et s'est retiré avec
» toute la précipitation possible. »

— « Ne lui avez-vous rien dit sur la
» confusion que lui avait causée votre
» apparition imprévue?

— « Je lui ai demandé ce qu'il avait
» à faire en cet endroit. Il était telle-
» ment effrayé et hors de lui, qu'il n'a
» pu d'abord me répondre; ensuite il
» m'a dit, en balbutiant, que tandis
» que tous les domestiques étaient oc-
» cupés à sauver mes effets les plus
» précieux, il était venu là dans le
» dessein d'en faire autant, mais qu'il
» n'avait encore rien emporté. »

— « Avez-vous sur-le-champ exami-
» né s'il ne vous manquait rien? »

— « Non, j'avais l'habitude de me
» fier à son honnêteté, et cette fois je
» fus obligé, au moment même, d'aller
» donner mes soins à l'incendie qui
» faisait toujours du progrès ; je ne fis
» donc que tirer la clef de la porte de
» la chambre, après l'avoir fermée, et
» quand je l'eus mise dans ma poche,
» je courus en hâte où ma présence était
» indispensablement nécessaire. »

— « Combien se passa-t-il de temps
» avant que vous vous soyez aperçu de
» vos effets. »

— « Je m'en aperçus le soir même ;
» le désordre et le danger du moment
» m'avaient fait sortir entièrement de
» l'idée cette circonstance, jusqu'à ce
» que, en allant par hasard près de
» cette même chambre, tout ce qui
» s'était passé avec Williams, ainsi que
» sa conduite singulière et équivoque
» dans cette conjoncture me revinrent
» tout d'un coup à l'esprit. Aussitôt
» j'entrai, j'examinai le coffre où ces

» effets étaient renfermés, et, à mon
» grand étonnement, je trouvai la ser-
» rure brisée et les effets enlevés. »

— « Quelle démarche fîtes vous d'a-
» près cette découverte? »

— « J'envoyai chercher Williams, et
» je lui parlai fort sérieusement sur cet
» objet; mais il avait eu le temps de se
» remettre parfaitement de son trouble,
» et il me nia très-ferme, et avec beau-
» coup de sang-froid, avoir la moindre
» connaissance de ce dont je lui parlais.
» Je lui remontrai toute l'énormité d'une
» pareille action; mais tout ce que je
» pus lui dire ne lui fit pas la plus lé-
» gère impression. Je n'aperçus en lui
» ni la surprise et l'indignation qu'on
» aurait pu attendre d'une personne
» entièrement innocente, ni en même
» temps cet embarras qui, en général,
» accompagne le crime : il se tint seu-
» lement sur la réserve et garda le si-
» lence; je lui déclarai ensuite que j'a-
» girais d'une manière à laquelle il ne

» s'attendait peut-être pas ; que je ne
» voulais pas, comme il n'est que trop
» ordinaire en pareils cas, faire faire
» des recherches générales, car j'aimais
» mieux perdre mes effets sans res-
» source que d'exposer une quantité de
» personnes innocentes à essuyer des
» inquiétudes et des injustices ; que
» mes soupçons se fixaient décidément
» sur lui pour le moment ; mais que
» dans une affaire de si grande consé-
» quence j'étais déterminé à ne pas agir
» sur un soupçon ; que je ne voudrais
» jamais courir le risque de le perdre,
» s'il était innocent, ni en même temps
» être cause que d'autres fussent expo-
» sés à ses friponneries, s'il était cou-
» pable ; que je me contenterais donc
» d'insister sur ce qu'il demeurât à mon
» service ; qu'il pouvait compter qu'il
» serait veillé de près, et que j'espérais
» que l'événement aménerait la décou-
» verte de la vérité ; que puisqu'il se
» refusait à un aveu dans ce moment-

» ci , c'était à lui à bien prendre garde
» jusques à quel point il pouvait comp-
» ter , jusques au bout , sur l'impunité;
» mais que j'étais bien déterminé à une
» chose ; c'est qu'à la première tenta-
» tive qu'il ferait pour s'échapper, je
» la regarderais comme un indice de
» crime , et que j'agirais en consé-
» quence. »

— « Depuis cette époque jusques à
présent que s'est-il passé ? »

— « Rien dont je puisse inférer au-
» cune certitude du crime. Beaucoup
» de choses qui concourent à fortifier
» les soupçons. Depuis cette époque ,
» Williams a toujours paru mécontent
» de sa situation , ayant toujours, comme
» on le voit bien aujourd'hui , un grand
» désir de me quitter ; mais en même-
» temps n'osant pas risquer une telle
» mesure sans prendre des précautions.
» Ce fut peu de temps après cela que
» vous, M. Forester, vîntes passer quel-
» ques jours chez moi ; je ne remarquai

» pas sans déplaisir ses relations toujours
» de plus en plus intimes avec vous,
» attendu l'opinion fort équivoque que
» j'avais de sa probité, et la crainte où
» j'étais qu'il ne parvînt à vous faire la
» dupe de son hypocrisie : en consé-
» quence je lui fis des menaces sévères,
» et je pense que vous avez dû remar-
» quer aussitôt après du changement
» dans sa manière de se conduire avec
» vous. »

— « Je l'ai remarqué, et cela me
» parut dans le temps assez extraordi-
» naire et assez difficile à expliquer. »

— « Quelque temps après, comme
» vous savez, il y eut une entrevue
» entre vous et lui; si le hasard vous fit
» rencontrer ensemble, ou si ce fut à
» dessein de sa part, c'est ce que je ne
» saurais dire: mais alors il vous déclara
» l'état de gêne et d'embarras où il se
» trouvait, sans vous en découvrir la
» cause; il vous proposa ouvertement
» de l'aider à s'enfuir de ma maison,

» et en cas de nécessité, de lui servir
» de protecteur contre mon ressenti-
» ment. Vous lui offrîtes, à ce qu'il me
» semble, de le prendre à votre service;
» mais rien ne pouvait l'accommoder,
» vous dit-il, sinon un lieu de retraite,
» où il me serait impossible de le dé-
» couvrir. »

— « Ne dut-il pas vous sembler ex-
» traordinaire qu'il pût espérer une
» protection réelle de ma part, tandis
» que vous aviez à tout moment entre
» vos mains les moyens de me con-
» vaincre combien il en était indigne? »

— « Peut-être se flattait-il que je ne
» ferais pas de démarche contre lui, au
» moins tant que le lieu de sa retraite
» me serait inconnu, et que par con-
» séquent l'événement de ces démarches
» serait douteux. Peut-être s'en fiait-il
» à ses moyens, qui ne sont pas à mé-
» priser, pour arranger une histoire
» plausible, surtout ayant pris soin
» d'avoir en sa faveur la première im-
» pression.

» pression. Au reste, cette protection de
» votre part n'était simplement qu'une
» dernière ressource dans le cas où les
» autres lui manqueraient. Il paraîtrait
» n'avoir eu à cet égard d'autre idée,
» si ce n'est que ses projets, pour se
» mettre hors de la portée de la justice,
» venant à ne pas lui réussir, il vau-
» drait mieux pour lui s'être assuré un
» titre à votre protection, que d'être
» dénué de toute espèce d'appui. »

Quand M. Falkland eut ainsi terminé
sa déposition, il appela Robert, un de
ses valets, pour confirmer ce qui avait
rapport à la journée du feu.

Robert déclara qu'il lui était arrivé de
passer par la bibliothèque ce jour-là,
quelques minutes après que M. Falkland
eut été rappelé chez lui par la vue du
feu; qu'il m'y avait trouvé debout, immobile, et avec tous les signes possibles
de trouble et d'effroi; qu'il avait été si
frappé de la figure que je faisais en ce
moment, qu'il n'avait pu s'empêcher de

s'arrêter pour m'observer, qu'il m'avait parlé deux ou trois fois sans que je lui eusse fait aucune réponse, et que tout ce qu'il avait pu tirer de moi à la fin, c'est que j'étais la plus malheureuse créature du monde.

Il ajouta de plus que le soir du même jour, M. Falkland l'avait fait venir dans la petite pièce attenant à la bibliothèque, et lui avait commandé d'apporter un marteau et des cloux; qu'ensuite M. Falkland lui avait fait voir un coffre qui était dans la chambre, dont la serrure et la garniture étaient brisées, et lui avait recommandé de bien observer, et de se rappeler ce qu'il voyait, mais de n'en parler à personne. Qu'alors il ne savait pas quel était l'objet des ordres de son maître; mais qu'il n'avait pas de doute que la garniture du coffre n'eût été rompue et arrachée par l'effet d'un ciseau ou de quelqu'autre instrument pareil qu'on avait glissé sous le couvercle de ce coffre pour le forcer.

M. Forester observa sur cette déposition qu'à l'égard de ce qui s'était passé
le jour du feu, elle paraissait à la vérité
fournir de puissans motifs de soupçon,
et que ce soupçon se trouvait singulièrement fortifié par les circonstances sur-
venues depuis ; que néanmoins, comme
il ne fallait négliger aucun des moyens
propres à éclaircir la vérité, il propo-
sait de visiter mes malles, pour voir si
on n'y trouverait pas d'indices de nature à confirmer l'accusation. M. Falkland traita fort légèrement cette idée,
en disant que si j'étais le voleur, j'avais
sans doute pris mes précautions pour
ne pas laisser subsister contre moi des
preuves aussi palpables. M. Forester répliqua que dans les actions et la conduite des hommes, la conjecture la plus
raisonnable ne se trouvait pas toujours
réalisée, et il donna ordre d'apporter
mes malles et cassettes dans la bibliothèque. Les deux premières qu'on ouvrit
ne contenaient rien qui pût faire preuve

contre moi ; mais dans la troisième on trouva une montre et plusieurs bijoux, qu'on reconnut aussitôt pour appartenir à M. Falkland. Un témoignage aussi décisif en apparence excita dans tous les assistans une émotion de surprise et de peine ; mais personne ne fit paraître autant d'étonnement que M. Falkland.

Le reste des spectateurs ne voyait autre chose en moi qu'un coupable surpris et convaincu ; mais de tous ceux qui étaient présens à cette scène, j'étais dans la réalité le plus embarrassé de deviner à quoi devait aboutir ce fil d'étranges événemens qui se déroulait successivement devant moi, et personne n'avait l'air plus stupéfait et plus interdit à chaque mot qui se disait. Cependant l'horreur et l'indignation prenaient alternativement le dessus sur la surprise ; d'abord je ne pus m'empêcher de faire à plusieurs fois des efforts pour interrompre, mais je fus toujours réprimé par M. Forester, et je sentis alors com-

bien il importait à ma tranquillité future
de rassembler toutes les facultés de mon
ame pour repousser l'accusation et établir mon innocence.

Tout ce qu'il était possible de produire contre moi étant sous les yeux de
l'assemblée, M. Forester se tourna vers
moi, avec un regard plein de douleur
et de pitié, et me dit que si j'avais quelque chose à alléguer pour ma défense,
c'était le moment de le faire. Sur cette
invitation je pris la parole à-peu-près
en ces termes:

« Je suis innocent; c'est envain que
» les circonstances semblent s'accumu-
» ler contre moi. Il n'y a personne au
» monde moins capable que je ne le
» suis de la chose dont on m'accuse.
» J'en appelle à mon cœur; j'en ap-
» pelle à l'innocence peinte sur mon
» visage; j'en appelle à tout ce qui est
» sorti de ma bouche jusques à pré-
» sent. »

Je crus m'apercevoir que la chaleur
avec laquelle je m'exprimais faisait impression sur tous ceux qui m'écoutaient;
mais en un moment leurs yeux s'étant
reportés sur les effets exposés devant
eux, il se fit un changement dans leur
figure. Je continuai :

« J'affirme encore quelque chose de
» plus ; M. Falkland n'est pas dans l'er-
» reur ; il sait parfaitement que je suis
» innocent. »

A peine ces derniers mots furent-ils
proférés, qu'un cri général d'indignation s'éleva de tous les coins de la salle.
M. Forester, se tournant vers moi de
l'air le plus sévère :

« Jeune homme, me dit-il, prenez
» bien garde à ce que vous faites ; c'est
» le privilége de l'accusé de dire tout
» ce qu'il juge propre à sa défense, et
» j'aurai soin que vous jouissiez de ce
» privilége dans toute son étendue ; mais

» vous imaginez-vous que des assertions
» aussi impudentes et aussi insoute-
» nables puissent tourner sous aucun
» rapport à votre avantage?»

— « Je vous rends grâces du plus
» profond de mon cœur, lui repli-
» quai-je, de l'avertisement que vous
» me donnez; mais je sais ce que je fais.
» J'affirme ce que j'ai avancé, non pas
» seulement parce qu'il est de toute
» vérité, mais parce qu'il est insépara-
» blement lié à ma défense. Je suis ac-
» cusé, et l'on me dira que je ne puis
» espérer d'être cru sur une simple dé-
» claration de mon innocence; je n'ai
» pas d'autres témoins à produire, j'en
» appelle donc à M. Falkland; c'est son
» témoignage que j'invoque; je lui de-
» mande:

» Ne vous êtes-vous pas vanté à moi
» en particulier que vous aviez le pou-
» voir de me perdre? Ne m'avez-vous
» pas dit que *dans ce cas j'aurais beau*
» *préparer une histoire, quelque plau-*

» sible , quelque vraie même qu'elle
» pût être , vous sauriez bien faire
» en sorte que le monde entier m'eût
» en exécration comme un vil impos-
» teur ? Ne sont-ce pas-là vos propres
» termes ? N'avez-vous pas ajouté que
» mon innocence ne me servirait à rien,
» et que vous vous ririez d'une si faible
» défense ? Je vous demande de plus :
» le matin même du jour de mon dé-
» part , n'avez-vous pas reçu de moi
» une lettre dans laquelle je vous de-
» mandais votre consentement pour
» m'en aller ? Aurais-je fait cette dé-
» marche si ma fuite eût été celle d'un
» voleur ? Je défie qui que ce soit
» de concilier les expressions de ma
» lettre avec une telle accusation ? Au-
» rais-je commencé par vous déclarer
» que j'avais formé le projet de quit-
» ter votre service , si les motifs de ce
» projet eussent été tels que vous les
» supposez maintenant ? Aurais-je osé
» vous demander pourquoi vous vouliez

» *m'assujetir à une pénitence éter-*
» *nelle ?* »

En disant ceci, je tirai de ma poche
une copie de ma lettre, et la posai sur
la table.

M. Falkland ne fit aucune réponse à
mes interpellations. M. Forester se tourna
vers lui, en disant : « Hé bien, mon-
» sieur, que répondez-vous au défi que
» vous porte votre domestique ? »

M. Falkland répondit : « Un pareil
» genre de défense ne mérite presque
» pas de réplique ; mais voici ma ré-
» ponse : Jamais je n'ai eu cette conver-
» sation ; jamais je ne me suis servi de
» ces expressions ; jamais je n'ai reçu
» cette lettre. A coup sûr, pour faire
» tomber une accusation, il ne suffit
» pas au criminel de la repousser avec
» une grande volubilité de langue et
» une contenance intrépide ? »

M. Forester se tourna ensuite vers
moi : « Si c'est sur la vraisemblance de
» vos assertions, me dit-il, que vous

» vous fondez pour votre justification,
» il faut au moins faire en sorte qu'elles
» soient conséquentes et qu'elles ré-
» pondent à tout. Vous ne nous avez
» pas dit quelle était la cause de l'in-
» quiétude et de l'embarras que Robert
» déclare avoir remarqués en vous ;
» pourquoi vous étiez si impatient de
» quitter le service de M. Falkland ; et
» enfin, comment il se fait qu'une par-
» tie de ses effets se soit trouvée dans
» une de vos malles ? »

« Toutes ces circonstances, mon-
» sieur, sont vraies, repartis-je. Il y a
» des choses que je n'ai pas dites. Si je
» les disais, elles seraient à l'avantage
» de ma cause, et feraient paraître en-
» core bien plus étonnante l'accusation
» qui m'est intentée. Mais il m'est im-
» possible, au moins quant à présent,
» de prendre sur moi de les mettre au
» jour. Est-il nécessaire de donner des
» motifs précis et particuliers du désir
» que j'ai manifesté de changer de con-

» dition ? Vous connaissez tous la mal-
» heureuse situation de M. Falkland ;
» vous savez combien il a de morgue et
» d'austérité dans les manières. Quand
» je n'aurais pas eu d'autres motifs , cer-
» tainement il m'était bien permis de
» désirer une autre place , sans donner
» lieu à aucune présomption défavo-
» rable contre moi.

» La question de savoir comment ces
» effets de M. Falkand se trouvent au-
» jourd'hui mêlés parmi les miens , est
» d'une nature plus sérieuse. Mais c'est
» une question à laquelle je ne saurais
» répondre. Je m'attendais au moins
» aussi peu qu'aucune autre personne
» de l'assemblée à les trouver là. Tout
» ce que je puis dire, c'est qu'ayant la
» plus parfaite assurance que M. Fal-
» kland a la conviction intime de mon
» innocence (car , observez bien que
» je ne me départs point de cette asser-
» tion), je réitère ici avec une nou-
» velle confiance ce que j'ai affirmé à

» cet égard; en conséquence, je crois
» fermement que ces effets ne se trou-
» vent ainsi placés que par le fait de
» M. Falkland lui-même. »

Je n'eus pas plutôt prononcé ces derniers mots que je fus encore interrompu
par une exclamation involontaire de tous
ceux qui étaient présens. Ils me lan-
cèrent tous des regards furieux, comme
s'ils eussent voulu me déchirer en pièces.
Je continuai :

« J'ai répondu à tout ce qui est al-
» légué contre moi.

» M. Forester, vous êtes ami de la
» justice; je vous conjure de ne pas la
» violer en ma personne. Vous êtes un
» homme plein de lumières et de péné-
» tration. Regardez-moi bien; trouvez-
» vous rien en moi qui décèle un cou-
» pable. Rappelez-vous tout ce que vous
» avez pu y remarquer. Annonce-t-il
» une ame capable de ce qu'on m'im-
» pute? Un vrai criminel se montrerait-
» il aussi ferme, aussi calme, aussi

» inébranlable que je l'ai paru devant
» vous ?

» Mes compagnons de service ! M. Fal-
» kland est un homme de rang et de
» fortune ; il est votre maître. Moi, je
» suis un pauvre garçon de village, sans
» un ami dans le monde. Ce sont des
» causes qui établissent entre nous deux,
» jusqu'à un certain point, une diffé-
» rence réelle ; mais ce ne sont pas des
» causes suffisantes pour renverser les
» principes de la justice. Ne perdez pas
» de vue les conséquences de la situa-
» tion où je me trouve ; songez qu'une
» décision donnée contre moi dans une
» affaire où je proteste si solennellement
» devant vous de mon innocence, tend
» à me priver pour jamais de ma répu-
» tation et de mon repos, à conjurer
» contre moi la haine et le mépris du
» monde entier, et à décider peut-être
» irrévocablement de ma liberté et de
» ma vie. Si votre conscience, si vos
» yeux, si les faits que vous connaissez

» vous disent que je suis innocent, par-
» lez pour moi. Ne souffrez pas qu'une
» timidité pusillanime vous empêche de
» sauver de l'abîme un de vos sem-
» blables, qui ne mérite pas d'avoir
» une seule créature humaine pour en-
» nemi. Pourquoi la faculté de parler
» nous est elle donnée, si ce n'est pour
» communiquer aux autres nos senti-
» mens ? Je ne croirai jamais qu'un
» homme plein de la conviction de son
» innocence, ne puisse pas faire aper-
» cevoir aux autres que ce sentiment
» est dans son cœur. Est-ce que vous
» n'entendez pas toutes les puissances
» de mon ame qui me crient que je ne
» suis pas coupable du crime dont on
» m'accuse ?

» Vous, M. Falkand, je n'ai rien à
» vous dire. Je vous connais, et sais
» jusqu'à quel point vous êtes impéné-
» trable. Dans ce moment même où
» vous me chargez d'imputations aussi
» odieuses, vous admirez ma résolution

» et ma grandeur d'ame. Mais je n'ai
» rien à espérer de vous. Vous pouvez
» contempler d'un œil inaccessible au
» remords ou à la pitié la ruine de
» votre victime. La plus grande de mes
» infortunes, c'est d'avoir à combattre
» un adversaire tel que vous. Vous me
» forcez à dire de vous des choses pé-
» nibles à entendre; mais j'en appelle à
» votre cœur, si j'ai mis dans mes pa-
» roles de l'exagération ou de l'ani-
» mosité. »

Tout ce qu'il était possible d'alléguer
de part et d'autre étant dit, M. Forester
commença des observations sur toute
l'affaire. « Williams, dit-il, il y a une
» masse énormes de charges contre vous;
» les preuves directes sont fortes, les
» circonstances qui viennent à l'appui
» sont nombreuses et frappantes. Je
» conviens que vous avez mis dans vos
» réponses une adresse extrême; mais,
» jeune homme, vous apprendrez à vos
» dépens que l'adresse, quelle qu'elle

» puisse être, ne saurait tenir contre la
» force insurmontable de la vérité. Il
» est heureux pour les hommes que
» l'empire du talent ait ses bornes, et
» qu'il ne soit pas au povoir de l'esprit
» le plus subtil de renverser les distinc-
» tions du juste et de l'injuste. Croyez-
» moi, le mérite de la cause contre la-
» quelle vous avez à lutter est trop fort
» pour que tout l'art des sophismes
» puisse le détruire; la justice prévau-
» dra, et la malignité impuissante sera
» vaincue.

» Pour vous, M. Falkland, la société
» vous est redevable pour avoir mis
» dans son véritable jour cette mons-
» trueuse affaire. Ne permettez pas que
» les traits envenimés, dirigés contre
» vous par une main criminelle, portent
» atteinte à votre tranquillité. Croyez
» bien que tout le monde saura les ju-
» ger. Je n'ai pas le moindre doute que
» tous ceux qui les ont entendus n'en
» ayent conçu autre chose qu'une plus

» haute estime pour vos vertus. Nous
» sentons tous le malheur de votre si-
» tuation, d'avoir à entendre de pa-
» reilles calomnies d'une personne cou-
» pable envers vous de la plus honteuse
» des bassesses. Mais considérez-vous à
» cet égard comme un martyr de la
» cause publique. La pureté de vos
» motifs et les qualités de votre cœur
» sont hors de l'atteinte de la plus noire
» méchanceté ; la vérité et la justice
» réservent inévitablement l'infamie à
» votre calomniateur ; à vous, l'amour
» et l'approbation générale.

» Vous entendez, Williams, ce que
» je pense de votre affaire ; mais je n'ai
» pas le droit d'être votre juge en der-
» nier ressort. Quelque désespérée que
» me paraisse votre cause, je veux vous
» donner un avis, comme si j'étais choisi
» pour vous assister en qualité de con-
» seil. Retranchez de votre défense tout
» ce que vous y avez mis d'injurieux
» contre M. Falkland. Défendez-vous

» de votre mieux, mais n'attaquez pas
» votre maître. Vous ne devez rien né-
» gliger pour faire naître de la préven-
» tion en votre faveur dans l'esprit de
» ceux qui vous entendent; mais la ré-
» crimination à laquelle vous avez eu
» recours n'excitera jamais que de l'in-
» dignation. Un crime contre la probité
» peut quelquefois trouver de l'indul-
» gence; la méchanceté froide et déli-
» bérée que vous avez fait voir est mille
» fois plus atroce. Elle prouve que vous
» avez non-seulement l'ame basse, mais
» infernale. Toutes les fois qu'il vous
» arrivera de répéter de pareilles noir-
» ceurs; tous ceux qui vous entendront
» vous réputeront coupable par cela
» seul, et quand même l'insuffisance
» des autres indices serait clairement
» démontrée. Si vous voulez donc bien
» consulter votre intérêt, qui me paraît
» être la seule considération qui vous
» touche, il est important pour vous de
» vous rétracter sur ce point au plutôt,

» et par tous les moyens possibles. Si
» vous voulez qu'on vous croye hon-
» nête, il faut commencer par faire
» voir que vous êtes en état de sentir et
» de juger la vertu dans les autres. Ce
» que vous pouvez faire de mieux pour
» le bien de votre cause, c'est de de-
» mander pardon à votre maître, et de
» rendre hommage à la probité et au
» mérite, même quand ils demandent
» vengeance contre vous. »

On concevra facilement que la déci-
ion de M. Forester me porta un coup
terrible, mais quand je l'entendis m'in-
viter à me rétracter et à m'humilier devant mon accusateur, je sentis mon ame
toute entière se soulever d'indignation.
Je répondis :

« Je vous ai déjà dit que je suis in-
» nocent. Je ne me crois pas capable,
» s'il en était autrement, de l'effort
» qu'exige l'invention d'une défense
» plausible. Vous venez de dire qu'il
» n'était pas au pouvoir de l'esprit le

» plus subtil de renverser les distinc
» tions du juste et de l'injuste, et dan
» ce moment même je les vois renver
» sées. C'est en vérité un moment bien
» épouvantable pour moi. Jeune et san
» expérience, je ne connais rien de
» affaires du monde que ce qu'on m'er
» a pu dire, et ce que j'en ai lu dan
» les livres. Mes premiers pas ont ét
» accompagnés de cette ardeur et d
» cette confiance inséparables de mor
» âge. Dans chacun de mes semblable,
» j'ai cru voir un ami. Je n'ai pas l'ha
» bitude des détours en usage parmi le
» hommes, et je ne sais pas jusqu'où
» va leur injustice. Je n'ai rien fait pour
» mériter leur haine; mais si j'en juge par
» ce que je viens de voir et d'entendre
» je suis destiné à perdre pour jamai
» les avantages de l'honneur et de l
» probité. Je me vois enlever l'amitie
» de tous ceux que j'ai connus jusques
» à présent, et fermer tous les moyens
» d'acquérir celle des autres. Je suis

> donc réduit à chercher en moi seul la
> source de mon bonheur. Comptez-
> bien que je ne commencerai pas cette
> carrière par de lâches et honteuses
> concessions. Si je n'ai plus rien à es-
> pérer de la bienveillance des autres,
> au moins saurai-je maintenir l'indé-
> pendance de mon ame. M. Falkland
» est mon implacable ennemi. Quelque
» mérite qu'il puisse avoir sous d'autres
» rapports, ses procédés envers moi
» sont sans humanité, sans principes,
» sans remords. Pensez-vous que j'irai
» jamais faire des soumissions à celui
» qui me traite avec tant d'injustice, que
» j'irai tomber aux pieds d'un homme
» qui est une furie pour moi, et baiser
» une main toute fumante de mon sang?»

— « A cet égard, reprit M. Forester,
» faites comme vous le jugerez à propos.
» J'avoue que votre fermeté et votre
» obstination me confondent. Vous
» ajoutez à l'idée que je m'étais faite des
» facultés de l'homme; peut-être, tout

» bien considéré, avez-vous choisi l
» rôle qui va le mieux à votre but
» quoique pourtant je pense que plu
» de modération vous aurait amené
» une issue plus favorable. Votre exte
» rieur d'innocence pourra, j'en con
» viens, ébranler les personnes qu
» auront à décider sur votre sort; mai
» il ne l'emportera jamais sur des fait
» clairs et incontestables. Pour moi, j'
» n'ai plus rien à vous dire. Vous m
» montrez un nouvel exemple de l'abu
» qu'on fait si généralement de ces ta
» lens qu'admire une aveugle multi
» titude. Je ne vous vois qu'avec hor
» reur. Tout ce qui me reste à faire à
» votre égard pour m'acquitter de mor
» devoir, c'est de vous livrer à la jus
» tice de votre pays, comme un monstre
» de scélératesse.

» Non pas, reprit M. Falkland, je
» ne consentirai jamais à cela. Je me
» suis contenu jusqu'ici, parce qu'il
» était juste de laisser à la vérité le temps

» de s'établir. J'ai fait violence à mes
» habitudes et à mes sentimens, parce
» que le bien public exigeait que l'hy-
» pocrisie fût démasquée. Mais je ne
» puis me contraindre plus long-temps.
» L'emploi de toute ma vie a été de
» protéger ceux qui souffrent, bien
» loin d'ajouter à leurs peines; et dans
» cette circonstance j'agirai encore de
» même. Ces attaques impuissantes con-
» tre mon honneur n'excitent pas en moi
» le plus léger ressentiment; je me ris
» de la malignité qui les a dictées, et
» elles n'ont diminué en rien les senti-
» mens de bienveillance que j'ai tou-
» jours eus pour celui qui en est l'au-
» teur. Qu'il dise tout ce qu'il voudra,
» il ne saurait m'atteindre. Il était à
» propos qu'il fût couvert d'une igno-
» minie publique, afin que d'autres ne
» pussent être trompés par lui, comme
» nous l'avons été nous-mêmes. Mais il
» n'y a pas de nécessité d'aller plus
» avant, et j'insiste pour qu'il lui soit

» permis de se retirer partout où bon
» lui semblera. Je suis seulement fâché
» que, pour l'intérêt de la société, il
» ait fallu dévouer sa destinée à une
» aussi affreuse perspective que celle
» qui l'attend. »

« M. Falkland, répliqua M. Forester,
» ces sentimens font honneur à votre
» humanité ; mais il m'est impossible
» de m'y rendre. Ils ne servent qu'à
» faire ressortir encore davantage la
» noirceur de ce reptile envenimé, de
» ce monstre d'ingratitude qui, après
» avoir volé son bienfaiteur cherche
» encore à l'outrager. Méchant que vous
» êtes, rien ne peut donc vous émou-
» voir ? Vous êtes donc inaccessible
» aux remords ? Quoi ! vous n'êtes pas
» confondu de tant de bontés si peu
» méritées ! Vil calomniateur ! vous êtes
» l'exécration de la nature, l'opprobre
» de l'espèce humaine, et le moment où
» vous serez exterminé, délivrera la
» terre d'un fardeau qu'elle ne supporte
» qu'avec

» qu'avec horreur. Souvenez-vous,
» monsieur, que ce monstre, au mo-
» ment même où vous exercez envers
» lui un acte inoui de clémence et de
» bonté, ose bien vous accuser de le
» poursuivre pour un crime dont vous
» le savez innocent; et même bien plus,
» d'avoir exprès glissé parmi ses hardes
» des effets prétendus volés, à dessein
» de le perdre. Cette scélératesse sans
» exemple vous fait un devoir de dé-
» livrer le monde d'une telle peste; et
» pour votre propre intérêt, vous oblige
» à ne pas vous relâcher de vos pour-
» suites, de peur que votre indulgence
» pour lui ne donne du crédit à ses
» abominables mensonges. »

« Je ne m'inquiète pas des consé-
» quences, reprit M. Falkland, j'obéis
» à l'impulsion de mon cœur. Je ne con-
» courrai jamais personnellement à ré-
» former l'espèce humaine par les haches
» et les gibets; je suis convaincu que les
» choses n'iront jamais bien que lorsque

» l'honneur et non la loi sera l'arbitre
» souverain du monde; que lorsque le
» vice aura appris à reculer devant
» l'irrésistible puissance de la dignité
» innée, et non pas devant les froides
» et mesquines formalités d'un code;
» si mon calomniateur était digne de
» mon ressentiment, ce serait mon épée
» et non pas la main du magistrat qui
» me ferait justice de son insolence;
» mais ici je ris de sa malice, je me
» résous à l'épargner comme le magna-
» nime roi des forêts, laisse vivre l'in-
» secte qui ose attenter à son repos. »

« Vous tenez là des discours roma-
» nesques, dit M. Forester, au lieu de
» parler le langage de la raison. Cepen-
» dant il m'est impossible de ne pas être
» vivement frappé du contraste dont je
» suis témoin entre l'élévation sublime
» de la vertu, et l'injustice opiniâtre et
» inébranlable du crime. Tandis que
» votre cœur déploie un excès de bonté,
» rien ne peut toucher l'ame de cet in-

» trépide scélérat. Je ne me pardonnerai
» jamais de m'être laissé abuser un ins-
» tant par ses détestables artifices. Ce
» n'est pas ici le moment de discuter la
» cause d'entre la chevalerie et la loi.
» Tout ce qu'il y a, c'est que, comme
» magistrat, ayant fait l'information
» du délit, j'insiste sur ce qui est de
» mon devoir, c'est-à-dire, sur ce que
» la justice ait son libre cours, et que
» l'accusé soit traduit dans la prison du
» comté. »

Après quelques débats encore de part
et d'autre sur le même point, M. Falkland trouvant M. Forester obstiné et
intraitable, retira son opposition. En
conséquence on manda un officier de
justice du village voisin, le décret fut
délivré, et une des voitures de M. Fal
kland fut préparée pour me conduire
en lieu de sûreté. On peut aisément s'i-
maginer combien cette décision fut pénible pour moi. Je jetais les yeux autour de moi sur les domestiques qui

avaient été spectateurs de l'information ;
mais pas un d'eux, ni par parole ni par
geste, ne donna le moindre signe de
compassion pour mes malheurs. Le vol
dont j'étais accusé leur semblait atroce,
à cause de son énormité, et quand même
quelques étincelles de commisération
auraient pu s'échapper de leurs ames
simples et ingénues, elles auraient été
totalement étouffées par l'indignation,
à cause de la noirceur qu'ils voyaient
dans ma récrimination contre leur digne
et excellent maître. Mon sort étant ainsi
décidé, et un des gens ayant été dépêché
vers l'officier, M. Forester et M. Falkland se retirèrent, et me laissèrent à la
garde de deux autres domestiques.

L'un de ceux-là était le fils d'un fermier du voisinage qui avait été long-
temps l'intime ami de mon père. J'avais
envie de connaître précisément le fond
de l'ame de ceux qui avaient été témoins de cette scène, et qui avaient eu
occasion d'observer auparavant mes

moeurs et ma conduite. Je cherchai
donc à entrer en conversation avec celui-ci. « Hé bien , mon bon Thomas ,
» lui dis-je en hésitant, et avec un ac-
» cent plaintif, ne suis-je pas une bien
» malheureuse créature? »

— « Ne me parlez pas, maître Wil-
» liams; allez, vous m'avez donné une
» telle secousse que je n'en serai remis
» de long-temps. Vous avez été couvé
» par une poule , comme on dit, mais
» il faut que vous soyez sorti de l'œuf
» d'un basilic. Je suis vraiment bien-
» aise que l'honnête fermier Williams
» soit mort ; car votre coquinerie lui
» ferait maudire le jour où il est né. »

— « Je suis innocent, Thomas ! je le
» jure par l'être suprême qui doit me
» juger un jour, je suis innocent. »

— « Ne jurez pas, je vous en prie,
» pour l'amour de Dieu, ne jurez pas!
» votre pauvre ame est déjà bien assez
» damnée sans cela. Ma foi , grâce à
» vous, mon garçon, je ne me fie plus

» jamais à personne, ni je ne crois plus
» aux apparences, quand ce serait un
» ange. Bonté divine! comme vous nous
» en avez débité, comme vous avez la
» langue dorée! A l'entendre on l'aurait
» cru innocent comme l'enfant qui
» vient de naître; mais, à d'autres. Vous
» ne ferez pas croire aux gens que le
» noir est blanc; pour mon compte,
» c'est bien fini avec vous. Je vous ai-
» mais hier tout comme si vous aviez été
» mon frère. Aujourd'hui j'ai tant d'a-
» mitié pour vous, que je ferais de tout
» mon cœur dix milles à pied pour vous
» voir pendre. »

— « Bon dieu, Thomas, pouvez-
» vous me dire cela! Quel changement
» dans votre cœur à mon égard! Je
» prends Dieu à témoin que je n'ai rien
» fait pour le mériter. Quel monde que
» celui où nous vivons!

— « Arrêtez donc votre langue mau-
» dite! les cheveux me dressent à la
» tête seulement de vous entendre. Pour

» tout l'or du monde je ne passerais pas
» une nuit sous le même toit que vous.
» Je craindrais à tout moment de voir
» tomber la maison pour vous écraser !
» Je m'étonne que la terre ne s'ouvre
» pas pour vous engloutir tout vivant.
» C'est un poison rien que de vous re-
» garder seulement ! Si vous allez ce
» train-là, je crois, Dieu me pardonne,
» que les gens à qui vous parlerez fini-
» ront par vous déchirer par morceaux,
» et qu'ils ne vous laisseront jamais le
» temps de gagner la potence. Oh, oui,
» je vous le conseille, plaignez-vous.
» Le pauvre petit innocent ! C'est dom-
» mage qu'il crache du venin tout au-
» tour de lui comme un crapaud, et
» qu'il empoisonne la terre par-tout où
» il passe. »

Quand je vis que celui à qui je parlais était aussi inaccessible à tout ce que
je pouvais dire ; considérant que même
en venant à bout de le ramener de sa
prévention, je n'en tirerais pas grand

avantage, je me conformai à son avis
et gardai le silence. Il ne se passa pas
beaucoup de temps sans que tout fût
disposé pour mon départ, et on me conduisit à la même prison qui avait renfermé peu auparavant les innocens et
malheureux Hawkins. Ils avaient été aussi
les victimes de M. Falkland. Je voyais
en lui une image fidelle, quoiqu'en
raccourci, de ce que sont les monar-
ques qui comptent les prisons d'Etat au
nombre des instrumens de leur pouvoir.

~~~~~~~~~~~~~~~~~~~~~~~~~~

CHAPITRE XI.

Pour moi, je ne savais ce que c'était qu'une prison, et, comme la grande majorité de mes frères, je n'avais guères songé à m'informer quel était le sort de ceux qui avaient commis des offenses contre la société, ou qui avaient encouru ses soupçons. Oh ! combien est désirable, en comparaison de ces tristes enceintes, le plus pauvre des abris où le journalier va se reposer de ses fatigues!

Tout était nouveau pour moi ; ces portes massives, ces verroux et ces serrures retentissantes, ces passages sombres, ces fenêtres chargées de barreaux et les regards si caractéristiques des géoliers, où se peignent l'habitude du refus, et le triple airain qui défend leurs cœurs contre tout sentiment de tendresse et de pitié. La curiosité et un désir de con-

10 *

naître ma situation me portèrent à fixer
mes yeux sur leurs figures, mais le moment d'après je les détournai avec un
dégoût insurmontable. Il est impossible
de dépeindre le genre de puanteur et de
malpropreté qui distingue ces affreuses
demeures. J'avais bien vu, dans ma vie,
des logemens négligés et malpropres,
habités par des hommes dont la personne n'était pas mieux soignée, mais
leur visage néanmoins portait l'empreinte de la santé, et on y lisait l'insouciance plutôt que le malheur. Mais la
malpropreté d'une prison attriste l'ame
et a déjà un caractère d'infection et de
putridité.

On me retint pendant plus d'une heure
dans la chambre du geolier, tandis que
les guichetiers survenaient les uns après
les autres pour se familiariser avec ma
personne. On me regardait déjà comme
coupable d'un crime capital d'une
grande importance : en conséquence on
me fit subir une perquisition rigou-

reuse, et on me prit un canif, une paire
de ciseaux et tout ce que j'avais de monnaie d'or. On délibéra si ces objets ne
seraient pas mis sous un scellé, pour
m'être rendus, disait-on, aussitôt que
je serais acquitté ; et si je n'avais pas fait
voir dans mes remontrances une vigueur
et une fermeté à laquelle ils ne s'attendaient guères, telle était la marche qu'ils
allaient continuer de suivre. Quand j'eus
essuyé ces cérémonies, on me poussa
dans une chambre où étaient assemblés
tous ceux détenus pour crime capital,
au nombre de onze. Chacun d'eux était
trop occupé de ses réflexions pour faire
attention à moi. De ces onze prisonniers, deux étaient là pour vol de chevaux, trois pour avoir volé un mouton,
un pour avoir forcé une boutique, un
autre pour fausse monnaie, deux pour
vol de grand-chemin, et deux pour vol
avec effraction.

Les voleurs de chevaux étaient à faire
une partie de cartes, qui fut interrom-

pue par un différend survenu entre
eux , accompagné de grandes vociféra-
tions et d'appels qu'ils faisaient aux uns
et aux autres , pour décider le coup ,
mais fort inutilement , car l'un ne les
écoutait pas , et l'autre les laissait au milieu de leur récit , pour aller porter ,
loin de leur tapage , le tourment intérieur de son ame.

C'est la coutume parmi les voleurs de
former entre eux une espèce de tribunal burlesque dont chacun va prendre
la décision pour savoir s'il sera acquitté,
s'il aura répit ou grâce, ainsi que pour
essayer la manière la plus adroite d'établir sa défense. Un des voleurs avec effraction , qui avait déjà passé par cette
épreuve , était à se promener fièrement
en long et en large dans la chambre,
avec un air de bravade, en criant à son
camarade qu'il était aussi riche que le
duc de Bedfort ; qu'il possédait cinq
guinées et demie , ce qui était bien
tout ce qu'il pourrait dépenser dans le

mois, et que quant à ce qui arriverait
après cela, c'était l'affaire de *Jacques
Ketche* (1) et non la sienne. En disant
cela il se jeta brusquement sur un banc
qui était près de lui, et parut s'endor-
mir un moment; mais son sommeil était
agité, sa respiration était embarrassée,
et ressemblait de temps en temps à une
sorte de gémissement. Un jeune homme
de l'autre côté de la chambre s'en vint
doucement avec un grand couteau dans
sa main à l'endroit où celui-ci était couché, la tête pendante sur un des côtés
du banc, et lui appuya sur le cou le
dos de la lame avec tant de force, que
ce ne fut qu'après beaucoup d'efforts que
l'autre put venir à bout de se relever.
« Ma foi, Jacques, dit l'auteur de ce gros-
» sier badinage, encore un peu et ton
» affaire était faite » ; celui-ci, sans témoigner le moindre ressentiment: «Dieu
» te damne, lui dit-il d'un ton chagrin,

_____

(1) Le bourreau.

» pourquoi diable n'as-tu pas pris le
» tranchant, c'aurait été le meilleur ou-
» vrage que tu eusses fait depuis long-
» temps! (1) »

Il y avait une des personnes détenues
pour vol de grand chemin, dont le cas
était assez extraordinaire. C'était un
simple soldat, de la physionomie la plus
intéressante, âgé de vingt-deux ans. Le
plaignant qui avait été volé un soir en
revenant très-tard du cabaret, et à qui
on avait pris trois schelings, avait affirmé
que ce jeune homme était son voleur.
Il était difficile de trouver personne
d'une réputation plus intacte que ce
prisonnier. Son état ne l'avait pas em-
pêché de cultiver son esprit; la lecture
de Virgile et d'Horace était son amusement favori. Il passait pour avoir une
grande probité. Une dame l'avait une

---

(1) Un ami de l'auteur a été témoin, à Newgate, il y a quelques années, d'un fait absolument semblable à celui-ci.

fois employé pour porter une somme de mille livres à quelqu'un à plusieurs milles de distance ; une autre fois un particulier lui avait confié , pendant son absence , la garde de sa maison et de son mobilier , qui valait au moins cinq fois cette somme. Dans sa manière de penser il avait toujours montré un grand amour de la justice, beaucoup de candeur et de sagesse. Il avait gagné quelqu'argent à fourbir les armes de ses officiers , métier pour lequel il avait un talent particulier; mais il avait refusé le grade de sergent ou de caporal qui lui avait été offert , disant qu'il n'avait pas besoin d'argent , et que dans ce nouveau poste il aurait moins de loisir à donner à l'étude. Il avait aussi refusé constamment des présens que voulaient lui faire des personnes frappées de son mérite; non que ce fût de sa part orgueil ou fausse délicatesse , mais parce que , disait-il , il ne croyait pas devoir en conscience accepter des choses dont il ne sentait nullement avoir besoin. Cet aimable jeune homme mourut pendant que j'étais en prison. Je reçus son dernier soupir (1).

J'étais obligé de passer la journée entière dans la compagnie de ces hommes dont quelques-uns avaient réellement commis les crimes dont ils étaient accusés, et les autres avaient été exposés au soupçon par le malheur de leur condition. Le tout composait un spectacle de misère dont il est impossible de se former une idée, à moins de l'avoir sous les yeux. Les uns étaient extrêmement bruyans, et cherchaient à s'étourdir, par un faux air de courage sur l'idée de leur état; tandis que les autres, incapables même d'un tel effort, sentaient aggraver le tourment intérieur de leur esprit par le tumulte et le fracas continuel qui se faisait autour d'eux. Les figures de ceux

_____

(1) On trouve une histoire toute semblable dans le *Journal de Newgate*, vol. I, page 382.

qui affectaient le plus de résolution offraient encore un front sillonné par les
soucis et les chagrins, et, au milieu de
leur gaîté forcée, de noires pensées, qui
survenaient à tout moment, leur ren-
versaient les traits, et faisaient prendre
à chaque muscle de leur visage l'expression de la douleur la plus cuisante. Pour
les habitans de cette triste enceinte le retour du soleil n'était pas celui de la joie.
Un jour succédait à l'autre, mais leur
déplorable condition était invariable.
L'existence n'était pour eux qu'une longue scène de tristesse continue ; chaque
moment était un moment d'angoisse, et
cependant ils cherchaient encore à le
prolonger, dans la crainte que l'instant
d'après ne vînt leur apporter une de sti-
née plus affreuse. Le souvenir du passé
était accompagné de regrets insupportables, et chacun d'eux eût sacrifié avec
plaisir un de ses bras pour avoir encore
le choix de cet état de paix et de liberté
qu'une folle conduite lui avait fait alié-

ner. Nous parlons d'instrumens de torture; les Anglais tirent vanité d'avoir
banni de leur île fortunée cet usage
monstrueux ? Hélas ! celui qui a pu voir
l'intérieur d'une prison peut dire si toute
l'activité des fouets et toute l'industrie
des questionnaires saurait jamais infliger
de torture comparable à l'agonie lente
et silencieuse dans laquelle un prisonnier traîne son intolérable existence.

Tels étaient nos jours. Au soleil couché paraissaient nos geoliers, qui or-
donnaient à chacun de se retirer pour
être enfermé dans son cachot. C'était
une circonstance qui aggravait cruellement notre sort, que d'être sous la dis-
cipline arbitraire de ces êtres durs et
despotiques. Jamais hommes ne furent
aussi étrangers à toute idée de sensibilité
et de commisération. Ils prenaient un
plaisir barbare à donner leurs ordres
détestés, et à observer la répugnance
avec laquelle on y obéissait. Quand ils
avaient parlé, il n'y avait pas à répli-

quer; les fers, le pain et l'eau étaient la suite immanquable de la moindre résistance. Leur tyrannie n'avait d'autres bornes que leurs caprices. A qui en appellerait le malheureux prisonnier? Ira-t-il se plaindre, quand il a la certitude que ses plaintes ne seront pas entendues? Une histoire de rebellion et la nécessité de prendre des précautions sont pour le geolier un infaillible refuge, et forment une barrière insurmontable contre toute espèce de réparation.

Nos cachots étaient des cellules de sept pieds sur six, creusées plus bas que la terre, humides, sans aucune ouverture pour l'air ou la lumière, si ce n'est quelques trous pratiqués dans la porte. Dans quelques-uns de ces affreux receptacles on entassait trois personnes ensemble pour dormir (1). Je fus assez heureux pour en avoir un à moi seul. Nous étions à l'approche de l'hiver. On ne nous per-

_____

(1) *Voyez* Howard, *sur les Prisons.*

mettait pas d'avoir de chandelle, et, comme je l'ai dit, on nous enfermait dès le soleil couché, et on ne nous délivrait que le lendemain au jour. C'était-là notre situation pendant quatorze ou quinze heures sur vingt-quatre. Je n'avais, dans aucun temps, été accoutumé à dormir plus de six ou sept heures, et alors j'avais moins de penchant au sommeil que jamais. Ainsi j'étais réduit à passer la moitié de ma journée dans cette effroyable demeure, et dans une obscurité complète; ce qui ne laissait pas d'ajouter à la dureté de mon sort.

Au milieu de mes sombres réflexions, j'exerçais ma mémoire à compter les portes, les ferrures, les verroux, les chaînes, les murs épais, les barreaux et les grilles qui se trouvaient entre moi et la liberté. « Voilà donc, me disais-je, les instru-» mens que la tyrannie, dans le recueil-» lement de ses froides méditations, se » plaît à inventer. Voilà l'empire que » l'homme exerce sur l'homme. C'est

» ainsi que l'on tient dans les liens et
» dans la torpeur un être né pour dé-
» velopper et agrandir toutes ses facul-
» tés. Qu'il doit être dépravé ou stupide
» celui qui ose soutenir ce système d'op-
» pression, où la santé, la gaîté, la sé-
» rénité de l'homme vont se perdre sous
» la fétidité mortelle d'un cachot et sous
» les rides profondes des ennuis et du
» désespoir ! »

Grâces au ciel, dit l'Anglais, nous
n'avons pas de Bastille ! grâces au ciel,
chez nous aucun homme n'est puni, s'il
n'est criminel ! Misérable insensé ! est-ce
une terre de liberté que celle où des
milliers d'hommes languissent dans les
cachots et dans les chaînes ? Vas, vas,
ignorant enthousiaste, vas t'instruire
dans nos prisons. Apprends à connaître
leur insalubrité, leur puanteur, la tyrannie de ceux qui les gouvernent, la
misère de ceux qui les habitent. Reviens
après ce spectacle, et montre moi quelqu'un assez éhonté pour dire encore,

d'un air triomphant : *l'Angleterre n'a pas de Bastille !* Y a-t-il une accusation si légère, si frivole, qui n'expose un homme à être plongé dans ces épouvantables demeures ? Y a-t-il quelque basse noirceur qui n'ait pas été mise en œuvre par les officiers de justice et par les accusateurs ? Mais, peut-être, m'allez-vous dire, contre toutes ces injures on obtient des réparations. Des réparations ! Ce mot même est le comble de l'insulte ! Quoi, ce malheureux réduit au dernier désespoir, qui ne s'est vu acquitter qu'au moment où la langueur et la misère allaient éteindre en lui les restes de la vie, ira poursuivre des réparations ? Où trouvera-t-il assez de loisir, et sur-tout assez d'argent pour salarier les agens et les ministres de la loi, et pour payer ce remède si lent et toujours si chèrement acheté ? Non, non, il est trop heureux de laisser derrière lui son cachot et l'affreux souvenir des momens qu'il y a passés ; la même suite d'oppression et d'injustice sera l'héritage de l'infortuné qui vient prendre sa place.

Pour moi, je contemplais les murs tout autour de moi, et ma pensée devançait déjà la mort prématurée que tout me présageait ; je redescendais au fond de mon cœur ; je n'y trouvais rien que de l'innocence, et je me disais : « Voilà » donc ce que c'est que la société. Voilà » cette distribution de justice, qui est » le but de la raison humaine ! Voilà le » fruit des méditations des sages, l'ou- » vrage auquel ils ont consacré tant de » veilles ! Le voilà ! »

Le lecteur me pardonnera de m'être écarté du principal sujet de mon histoire par cette digression. S'il trouvait que je me suis laissé aller à des remarques générales, qu'il se souvienne que celles-ci sont le résultat d'une expérience chèrement payée. C'est de la plénitude d'un cœur qui ne peut plus se contenir, que l'invective coule de ma plume. Ce ne sont pas les déclamations

d'un homme qui prétend à l'éloquence.
Cet esclavage de fer a pesé de tout son
poids sur mon ame.

Je ne pouvais pas croire qu'un lot
aussi complet de misère et d'infortune,
fût jamais tombé en partage à aucune
créature humaine. Je me rappelais avec
surprise mon empressement puérile à
faire juger ma conduite et à démontrer
mon innocence. Je le détestais comme
l'effet de la plus sotte et de la plus in-
soutenable pédanterie. Je m'écriais, dans
l'amertume de mon cœur : « Hé, qu'est-
» ce donc que la réputation ? C'est
» un hochet d'enfant pour amuser les
» hommes. Si j'avais su mépriser cette
» chimère, je pourrais jouir de la tran-
» quillité de mon cœur, goûter les biens
» de la paix et de la liberté, et entrete-
» nir dans de douces occupations l'ac-
» tivité de mon esprit. Et pourquoi
» soumettre mon bonheur à l'arbitrage
» des autres ? » Mais quand même une
bonne réputation serait un bien de la
plus

plus haute valeur, un pareil moyen de la recouvrer ne serait-il pas réprouvé par le sens commun ? Le langage que ces institutions tiennent à l'infortuné qui les invoque n'est-il pas celui-ci: *Allons, sois privé de la lumière du jour, associes-toi à ceux que la société a marqués comme les objets de son exécration ; rends-toi l'esclave des geoliers ; laisse-toi charger de chaînes, ensuite tu pourras espérer d'être purgé d'une injuste accusation, et de recouvrer l'honneur et la réputation ?* Tels sont donc les moyens de consolation qu'offre la loi à ceux que la méchanceté ou la sottise, une animosité privée ou une assertion indiscrète font gémir, sans le plus léger fondement, sous le poids de la calomnie ! Pour mon compte, j'étais bien certain de mon innocence, et l'examen m'a bientôt fait voir que les trois quarts de ceux qui sont habituellement assujettis à un traitement semblable sont des personnes contre lesquelles nos cours de justice , malgré leur morosité et leur précipitation , ne trouvent pas assez de preuves pour opérer une conviction. Il faut donc qu'un homme soit bien mal instruit ou bien dépourvu de jugement pour commettre aux hasards d'une telle protection , son honneur et sa destinée.

Mais je me trouvais dans un cas encore bien plus désespéré. J'étais intimement convaincu qu'un examen tel que ces institutions peuvent le faire , devait répondre dignement à ses odieux préliminaires. Après les souffrances que j'endurais, quelle chance avais-je pour espérer d'être acquitté ? Quelle probabilité y avait-il que les juges , devant lesquels j'aurais à paraître , m'écouteraient plus favorablement que ceux qui avaient déjà prononcé sur ma cause dans la maison de M. Falkland ? Non, non , je voyais déjà ma condamnation prononcée.

Ainsi , dépouillé de tous les biens que donne l'existence , déchu de ces belles

espérances auxquelles je m'étais si souvent livré., arraché de cette carrière
d'honneur et de vertu au-devant de laquelle mon âme ardente aimait tant à
s'élancer ; tout ce que m'offrait l'avenir,
c'était quelques semaines consommées
dans ce lieu misérable , pour aller ensuite recevoir la mort des mains de l'exé-
cuteur public. Il n'y a pas de langage
pour exprimer l'indignation et le dégoût
intolérable que ces idées excitaient dans
mon âme. Mon ressentiment ne s'arrêtait
pas à mon persécuteur , il s'étendait à la
machine sociale toute entière. Je ne
pouvais croire que tout ce qui m'arrivait fût le résultat d'institutions inséparables du bien général. Toute l'espèce
humaine me paraissait composée de
questionnaires et de bourreaux. Je les
regardais tous comme conjurés pour me
déchirer en pièces; et cet immense théâtre d'une persécution inexorable me
jetait dans un état d'angoisse impossible
à décrire. J'examinais tour à tour ma

situation sous ces deux faces. J'étais innocent; j'avais droit à l'assistance des
hommes; mais je ne voyais pas un cœur
qui ne fût endurci contre moi, pas un
bras qui ne fût prêt à précipiter ma
ruine. Un homme qui n'a pas senti,
dans les plus grands intérêts de sa vie,
la justice, l'éternelle vérité, l'inaltérable
équité, liées inséparablement à sa cause,
et d'un autre côté la force brutale, l'o-
piniâtreté stupide, et l'inaccessible insolence conjurées contre lui, ne peut
pas imaginer ce qui se passait en moi.
Je voyais la perfidie et le mensonge
rayonnans d'honneur et de gloire; je
voyais la faible innocence broyée en
poussière sous la main toute-puissante
du crime.

Où pouvais-je chercher du soulagement à tant de maux? Etait-ce au milieu
de ce chaos de licence et d'exécration
où je passais la journée, et où chaque
figure me réfléchissait l'image d'une angoisse qui ne le cédait qu'à la mienne?

Celui qui voudrait se former une idée
des régions infernales, n'aurait besoin
que d'assister pendant quelques heures
à l'affreux spectacle que j'ai eu sous les
yeux pendant plusieurs mois. Il ne m'é-
tait pas permis de me soustraire un moment à cette complication d'horreurs,
ni de me réfugier dans le calme de la
méditation. L'air, l'exercice, l'attention, la variété d'objets, tous ces grands
mobiles de l'activité de l'homme m'é-
taient interdits pour toujours par l'inexorable tyrannie qui me tenait en son
pouvoir. La solitude de mon cachot
nocturne n'était pas moins insupportable. Je n'y avais pas d'autre meuble
que la paille qui servait à mon repos.
Il était étroit, humide et mal-sain. Un
esprit excédé comme le mien par la plus
accablante uniformité, auquel ne s'offrait jamais ni amusement ni occupa-
tion pour tromper l'ennui de ses pénibles heures, ne pouvait trouver qu'un
sommeil court, agité et peu propre à

rafraîchir les sens. La perplexité et le désordre de mon imagination me tourmentaient encore plus dans mes rêves que dans les pensées de mes veilles. A ces intervalles de sommeil succédaient les heures que le régime de la prison m'obligeait de passer, quoique éveillé, dans ces ténèbres solitaires. Là, je n'avais ni livres, ni plumes, ni rien propre à fixer mon attention ; c'était l'uniformité du néant. Quel supplice pour un esprit actif et infatigable ! Je ne pouvais pas le plonger dans la léthargie ; je ne pouvais pas le distraire de mes malheurs ; cette horrible image me poursuivait sans relâche avec la malignité d'une furie. Barbare, inexorable politique des institutions humaines, qui condamne un homme à des tourmens aussi douloureux, qui les sanctionne au moins par sa coupable indifférence, qui dédaigne de descendre à ces détails, qui ose nommer ceci le creuset de l'innocence et la sauve-garde de la liberté ! Mille fois j'au-

rais brisé ma tête proscrite contre les
murs de mon cachot; mille fois j'ai sou-
piré après la mort, et j'ai embrassé avec
une ardeur inexprimable l'espoir de
trouver un terme à mon horrible mar-
tyre; mille fois j'ai formé le projet de
porter sur moi-même une main homicide, et j'ai délibéré, dans l'amertume
de mon ame., sur les différens moyens
de secouer le fardeau de l'existence.
Qu'avais-je à faire avec la vie? J'en avais
assez vu pour ne la plus regarder qu'avec
horreur. Pourquoi attendrais-je les lentes
formalités du despotisme légal? N'ose-
rais-je donc mourir qu'au moment et de
la manière décrétée par ses odieux ministres? Cependant une puissance inexplicable retenait mon bras. Avec l'ardeur du désespoir je m'accrochais encore à ce fantôme d'existence, à son
charme incompréhensible et à ses vaines
illusions.

~~~~~~~~~~~~~~~~~~~~~~~~~~~~~~

CHAPITRE XII.

TELLES étaient les réflexions qui me poursuivirent pendant les premiers jours de ma prison, que je passai ainsi dans un état d'angoisse continuel. Mais après quelque temps, la nature excédée de détresse refusa de plier plus long-temps sous le fardeau; la pensée, qui varie sans cesse, amena une suite de réflexions totalement différentes.

Je sentis mon courage revivre. La sérénité et la bonne humeur avaient été les compagnes de toute ma vie, et elles revinrent encore me visiter au fond de mon cachot. Je ne m'apperçus pas plutôt de ce changement dans mes idées, que j'entrevis la possibilité et l'avantage de regagner la tranquillité et la paix de l'ame ; et que j'entendis au-dedans de moi même une voix secrette qui me suggérait de me montrer, dans cet état d'a-

bandon et d'infortune, au-dessus de mes
persécuteurs. Heureuse innocence ! la
conscience de mon intégrité, cette satisfaction intérieure de moi-même était
comme un soleil bienfaisant qui perçait
à travers toutes les barrières de mon
cachot, et qui portait dans mon cœur
mille fois plus de chaleur et de joie que
la splendeur réunie de la fortune et des
honneurs n'en donnera jamais aux esclaves du vice.

Je trouvai le secret de tenir mon esprit occupé. Je me disais : « Je suis en-
» fermé pendant la moitié de la journée
» dans une obscurité totale, et sans au-
» cune source extérieure de dissipation ;
» l'autre moitié, je la passe au milieu du
» tumulte et du fracas. Hé bien ! Ne
» puis-je pas chercher de l'amusement
» dans les propres ressources de mon
» esprit ? N'est-il pas pourvu d'une
» grande variété de connaissances ? De-
» puis mon enfance, tous mes momens
» n'ont-ils pas été employés à satisfaire

» une insatiable avidité de m'instruire?
» Quand pourrais-je mieux qu'à pré-
» sent tirer parti de ces avantages? » En
conséquence, je me mis à exercer l'activité de mon imagination. Je m'amusai
à repasser l'histoire de ma vie. Successivement je vins à me rappeler une in-
finité de petites circonstances qui auraient été perdues sans cet exercice. Je
retraçais à mon esprit des conversations
tout entières; je repensais d'abord au
sujet sur lequel elles avaient roulé, puis
à leur marche, à leurs incidens; et
j'allais souvent jusqu'à en retrouver les
propres mots. Je demeurais sur ces idées
jusqu'à ce que je fusse totalemet absorbé
par me méditations. Je me les répétais
jusqu'à ce que je sentisse naître la chaleur de l'enthousiasme. J'avais mes occupations différentes; les unes propres
à ma solitude nocturne, dans laquelle
je pouvais donner pleine carrière aux
impulsions de mon âme; les autres, ar-
rangées pour le chaos de la journée, où

mon objet était tout-à-fait sourd au tumulte qui m'environnait.

Par degrés j'en vins à quitter mon
histoire, et à m'amuser d'aventures ima-
ginaires. Je me figurais toutes les posi-
tions dans lesquelles je pouvais être
placé, et je me traçais la conduite à
suivre dans chacune. Ainsi, je me ren-
dis familières toutes sortes de scènes
d'offense et de danger, de bienfaisance
et d'oppression. Je me portais souvent,
en imagination, jusqu'au moment terrible où la nature touche à sa dissolu-
tion. Dans quelques-unes de mes rêveries, mon sang bouillonnait avec toute
l'impétuosité du courroux et de l'indignation ; dans d'autres, je recueillais
avec constance toutes les forces de mon
ame, pour quelque assaut périlleux à
soutenir. Je maniais les armes diverses
de l'éloquence, convenablement à ces
diverses situations ; et dans la solitude
de mon cachot, je fis plus de progrès
dans l'art oratoire que je n'en aurais

peut-être fait au milieu du plus vivant
et du plus nombreux théâtre. J'arrivai
enfin à disposer de mon temps avec autant de méthode qu'un homme dans son
cabinet , qui passe des mathématiques
à la poésie , et de la poésie à l'étude du
droit des nations , dans les différentes
parties de sa journée ; et je n'étais pas
moins exact que lui à ne pas m'écarter
du plan que je m'étais fait. Les matières
de mon travail n'étaient pas non plus
moins nombreuses que les siennes. A
l'aide de ma seule mémoire , je parcou-
rus dans ma prison , une partie considérable d'Euclide , et je retraçai , jour
par jour , les suites de plusieurs faits et
incidens de l'histoire , tels qu'ils sont
rapportés par nos plus célèbres auteurs.
Je devins aussi poète ; je me mis à décrire la magnificence et la fécondité de
la nature , à exprimer les grands traits
des passions , et à partager , avec tout
le feu de l'enthousiasme , les élans d'une
ame généreuse ; trompant ainsi le dé-

goût et l'ennui de ma solitude, et par-
courant en idée toutes les scènes du
monde. Quant à ce besoin qu'éprouve
toujours l'esprit humain de se retracer
à lui-même ses progrès, je trouvai facilement des expédiens pour y suffire, à
défaut de plumes et de livres.

Au milieu de ces occupations, je
voyais, avec un transport de joie et de
triomphe, jusqu'à quel point l'homme
est indépendant des faveurs ou des-ri-
gueurs capricieuses de la fortune. J'étais
hors de la portée de ses coups, car elle
ne pouvait me mettre plus bas. Aux yeux
de tout le monde je semblais être dans un
état de détresse et de misère, tandis que,
dans la réalité, je n'éprouvais pas un
besoin. Ma nourriture était grossière,
mais je jouissais d'une bonne santé. Mon
cachot était infect, mais mes sens s'y
étaient accoutumés. Si l'exercice en
plein air m'était interdit, je savais en
prendre dans mon cachot, de manière
même à provoquer la sueur. Je n'avais

aucun moyen de délivrer ma personne d'une compagnie qui ne pouvait inspirer que de l'aversion et du dégoût, mais j'eus porté bientôt jusqu'à la perfection l'art d'y soustraire mes pensées; ensorte que je ne voyais ni n'entendais les gens qui m'entouraient que précisément aussi peu que je le voulais.

Tel est pourtant l'homme considéré en lui-même ; tant la nature est simple, tant ses besoins sont peu nombreux. Que l'homme artificiel de la société est différent ! De vastes palais s'élèvent pour le recevoir , mille voitures différentes sont imaginées pour ses promenades et ses exercices ; des provinces entières sont rançonnées pour contenter son appétit; et tout le globe est mis à contribution pour lui fournir ses vêtemens et ses meubles. Que de dépenses pour payer des chaînes ? Sa santé et son repos se trouvent dans la dépendance d'une foule d'accidens ; son corps et son ame sont à la merci de quiconque promettra de sa-

tisfaire ses insatiables et impérieux besoins.

Aux désavantages de ma situation présente se joignait encore l'affreuse perspective d'une mort ignominieuse. Hé
bien ? tout homme est fait pour mourir.
Personne ne sait l'heure où la mort vien-
dra le visiter. A coup sûr il n'est pas
plus fâcheux d'avoir à affronter cette
ennemie formidable, quand on est en
pleine santé , et pourvu de tous les
moyens de force et de courage, que
d'essuyer ses attaques au moment où
nous sommes déjà à moitié défaits par la
maladie et les souffrances. Au moins ,
étais-je bien décidé à jouir pleinement
des jours que j'avais encore à vivre, et
c'est cette faculté qui est particulière à
l'homme dont la santé se prolonge jusqu'au dernier moment de son existence.
Pourquoi m'abandonner à d'inutiles regrets ? Il n'y avait pas au-dedans de moi
un sentiment de fierté , ou plutôt d'indépendance et de justice qui ne criât

à mon persécuteur : *Tu peux m'ôter l'existence , mais tu ne saurais troubler la paix de mon ame.*

~~~~~~~~~~~~~~~~~~~~~~~~~~~~

CHAPITRE XIII.

Au milieu de ces réflexions, une autre idée qui ne m'avait pas encore frappé, vint se présenter à mon esprit. « Je
» triomphe, me disais-je, et avec rai-
» son, de l'impuissance de mon persé-
» cuteur. Mais cette impuissance n'est-
» elle pas encore plus grande que je ne
» l'ai cru jusqu'à présent ? Je dis qu'il
» peut *m'ôter l'existence, mais non*
» *pas troubler la paix de mon âme.*
» Rien n'est plus vrai ; mon âme, ma
» présence d'esprit, la fermeté de mon
» caractère sont hors de sa portée ; mais
» ma vie n'y serait-elle pas également,
» si je le voulais ? Quels sont les obs-
» tacles matériels que l'homme ne soit
» pas parvenu à vaincre ? Est-il une en-
» treprise si difficile dont on ne soit
» venu à bout ? Et si d'autres l'ont fait,
» pourquoi ne le ferais-je pas ? Etaient-

» ils excités par des motifs plus puis-
» sans que les miens ? L'existence leur
» était-elle plus précieuse, ou avaient-
» ils en eux plus de moyens pour l'ani-
» mer et l'embellir ? Certainement je
» l'emporte, à cet égard, sur la plupart
» de ceux qui ont déployé le plus de
» persévérance et d'intrépidité. Pour-
» quoi serais-je moins entreprenant? Un
» esprit hardi et contemplatif sait don-
» ner au diamant et à l'acier la ductilité
» de l'eau ? La puissance de l'esprit hu-
» main ne connaît pas de bornes, et se
» rit de la vigilance des tyrans. » Je repassais cent fois ces idées dans ma tête;
et après quelques instans de contempla-
tion, échauffé par l'enthousiasme, je
m'écriais : *Non, je ne mourrai pas !*

Dans ma première jeunesse, j'avais lu
toutes sortes de livres. Il m'était tombé
entre les mains des histoires de ces hommes pour qui les serrures, les verroux
n'étaient qu'un jeu, et qui, pour faire
montre de leur habileté, avaient fait

l'expérience d'entrer dans la maison la plus fortement barricadée, avec aussi peu de bruit et presque aussi peu de peine que d'autres auraient levé un loquet. Il n'y a rien qui intéresse autant un jeune homme que le merveilleux ; il n'y a rien qu'il ambitionne plus vivement que le pouvoir d'étonner les spectateurs par des tours prodigieux de force ou d'adresse. Sans suivre d'autre guide que le cours de mes réflexions, je concevais dès-lors que l'ame était essentiellement libre, susceptible seulement des atteintes du raisonnement, mais destinée par la nature à ne jamais être soumise à la force. Comment pourrait-il être au pouvoir d'un homme de me retenir par contrainte ? Pourquoi, si ma volonté était de me soustraire à sa violence, ne serais-je pas en état d'éluder les recherches les plus actives ? Ces membres et ce tronc sont à la vérité pour la partie pensante une charge lourde et importune qu'elle a à traîner avec soi ; mais pour-

quoi la partie pensante ne viendrait-elle
pas à bout d'alléger cette charge, de
manière à ne la plus sentir ? Ces réflexions des premiers temps de ma jeunesse n'étaient nullement étrangères à
l'objet actuel de mes recherches.

Dans la maison de mon père, nous
avions pour plus proche voisin un charpentier. Tout plein du genre de lecture
dont je viens de parler, j'étais extrêmement curieux d'examiner ses outils,
leurs effets et leur usage. Ce charpentier était doué d'une singulière capacité,
et ses facultés n'ayant eu guères à s'exercer que dans sa profession, il était devenu fertile en inventions, et raison-
nait sur son métier d'une manière fort
ingénieuse. Je trouvais donc avec lui
beaucoup de satisfaction, et mon esprit
travaillant d'après les lumières qu'il me
fournissait, perfectionnait même quelquefois les idées de mon maître. Sa conversation me plaisait infiniment ; je me
mis d'abord à travailler avec lui pour

mon amusement , et ensuite pendant quelque temps comme son compagnon. J'étais d'une constitution vigoureuse ; et par l'habitude du travail j'ajoutai à l'avantage abstrait de la force celui de savoir l'appliquer avec dextérité, quand je voulais, de manière à ce qu'il n'y en eût pas une seule partie qui ne fît son effet.

C'est une chose étrange , quoique assez ordinaire, que les ressources même qui nous seraient le plus utiles dans une situation critique , quelque familières qu'elles nous soient , ne viennent pas s'offrir à notre esprit quand il s'agirait de les mettre en œuvre. Ainsi , depuis ma détention , mon esprit avait déjà parcouru deux cercles d'idées extrêmement différens , avant que ce moyen de libération se fût présenté à lui. Dans le premier , mes facultés avaient été accablées ; dans l'autre elles avaient été exaltées au dernier point ; mais dans l'une et l'autre de ces situations, je re-

gardais comme une chose décidée la nécessité de me soumettre passivement au
bon plaisir de mes persécuteurs.

Pendant le temps que j'avais passé
dans cet état d'indécision, et après un
peu plus d'un mois de captivité arri-
vèrent les assises, qui se tenaient deux
fois l'année, dans la ville où j'étais prisonnier. Cette fois, mon affaire ne leur
fut point présentée, et se trouva dès-
lors remise à six mois. J'aurais eu, pour
espérer d'être acquitté, d'aussi fortes
raisons que j'en avais pour attendre une
condamnation, que la chose eût toujours été la même. Quand j'aurais été
détenu pour la cause la plus frivole pour
laquelle jamais juge de paix ait décrété
un malheureux mendiant, il n'en aurait
pas moins fallu que j'attendisse environ cent soixante-dix jours avant que
mon innocence fût légalement recon-
nue, tant il y a encore d'imperfection
dans les lois de ce pays si vanté, où les
législateurs restent assemblés près de six

mois par année! Je n'ai jamais pu savoir
au juste si ce délai fut l'effet de quelque
démarche faite par mon persécuteur,
ou s'il fut tout naturellement une suite
des formes de l'administration de la justice, trop graves, trop solennelles pour
se plier aux droits ou aux besoins d'un
obscur individu.

Mais ce ne fut pas-là le seul événement survenu pendant ma détention,
dont je ne pourrais pas donner de solu-
tion satisfaisante. A-peu-près à la même
époque le geolier commença à changer
de conduite à mon égard. Un matin, il
me fit venir dans la partie du bâtiment
destinée à son usage, et après avoir un
peu cherché ses paroles, il me dit qu'il
était fâché de ce que je n'avais pas été
placé plus commodément, et il me demanda si je m'arrangerais mieux d'avoir
une chambre dans sa propre habitation?
Frappé d'une question à laquelle je m'attendais si peu, je voulus savoir de lui si
quelqu'un lui avait fait pour moi cette

demande; il me répondit que non, mais
que les assises étaient passées, qu'il avait
moins de prisonniers sur les bras, et un
peu plus de temps pour se reconnaître.
Il ajouta qu'il me croyait une bonne
pâte de jeune homme, et qu'il m'avait
pris en amitié. A ce mot je le fixai: je
ne découvris rien sur son visage qui por-
tât l'empreinte ordinaire d'un pareil sentiment; il m'avait l'air d'un homme
jouant un rôle qui ne va pas à sa figure,
et qui lui donne de la contrainte et de la
gaucherie. Il en vint toutefois à me faire
l'offre de manger à sa table, ajoutant
que, si cela me convenait, il n'en ferait
pas plus gros ordinaire, et n'entendait pas
qu'il m'en coûtât rien de plus pour cela;
qu'à la vérité, pour lui, il avait toujours tant d'affaires qu'il n'avait pas un
moment de reste; mais que sa femme et
sa fille Peggy seraient enchantées d'entendre causer un homme d'esprit, comme
il savait que j'étais, et que peut-être moi-
même

même je ne trouverais pas leur compagnie désagréable.

Je réfléchis sur cette proposition, et
je ne fis pas de doute, quoique cet
homme m'eût fort assuré le contraire,
qu'elle ne procédait pas d'un mouvement spontané d'humanité de sa part;
mais que, pour parler le langage des
gens de la sorte, il avait de bonnes raisons pour agir ainsi. Je m'épuisais en
conjectures sur l'auteur de cet acte d'attention et d'indulgence. Les deux personnes qui se présentaient à mon esprit
étaient M. Falkland et M. Forester : je
connaissais celui-ci pour un homme austère et inexorable envers ceux qu'il avait
une fois jugés vicieux : il se piquait d'être
inaccessible à ces mouvemens de pitié
qui ne sont bons, disait-il, qu'à nous
faire manquer à notre devoir. M. Falkland, au contraire, était de la plus
exquise sensibilité; c'était là la source
de ses plaisirs et de ses peines, de ses
vertus et de ses vices. Quoiqu'il fût l'en-

nemi le plus cruel que j'eusse à redouter, et quoique aucuns sentimens d'humanité ne fussent capables de l'arrêter
ou de le détourner le moins du monde
de la marche qu'il s'était tracée, avec
cela je le crus bien plus porté que son
frère à s'occuper de ma captivité, et à
vouloir alléger mes souffrances.

Cette conjecture n'était pas de nature
à mettre du baume sur mes plaies. Je ne
pensais à mon persécuteur qu'avec un
mouvement de colère. Comment aurais-je pu voir d'un autre œil l'homme
qui, pour contenter sa passion dominante, ne comptait pour rien ni mon
honneur ni ma vie? Je le voyais détrui-
sant l'un et se jouant de l'autre avec un
sang-froid et une tranquillité que je ne
pouvais me rappeler qu'avec horreur.
Je ne savais pas quels étaient ses projets
à mon égard; je ne savais s'il prenait
seulement la peine de former un vœu
stérile pour la conservation de celui dont
il avait flétri l'avenir avec tant d'ini-

quité. Jusques à ce moment j'avais gardé
le silence sur mon grand moyen de récrimination ; mais il n'était pas très-
certain que je consentisse à périr en silence, victime des artifices et de l'en-
durcissement d'un tel homme. De quelque côté que j'interrogeasse mon cœur,
je le trouvais par-tout ulcéré d'un sentiment profond de l'injustice de mon oppresseur, et mon ame se révoltait à l'idée
d'une lâche et imbécille pitié, au moment même où son inexorable vengeance
me broyait en poudre.

Ces sentimens dictèrent ma réponse au
geolier, et je trouvai un secret plaisir à
les laisser s'exhaler dans toute leur amertume. Je le regardai avec un sourire
sarcastique, et lui dis que j'étais ravi de
le voir devenu tout-à-coup aussi humain, que pourtant je savais un peu
lire dans l'humanité d'un geolier, et que
je devinais bien comment la sienne lui
était venue; mais qu'il pouvait dire à
celui qui le mettait en œuvre qu'il pre-

nait une peine inutile ; que je n'accep-
terais jamais rien d'un homme qui avait
machiné ma perte , et que j'avais assez
de courage pour endurer mon mal à
l'avenir comme à présent. Le geolier
me considéra d'un air étonné , puis , en
faisant une pirouette sur le talon. « A
» la bonne heure , mon brave , s'écria-
» t-il, vous n'en avez pas tant appris
» pour rien , à ce que je vois ; c'est
» fort bien d'avoir du cœur ; mais il y
» a temps pour tout , mon garçon ; je
» crois que vous auriez mieux fait de
» garder votre courage pour le moment
» où vous en aurez besoin. »

Les assises , qui se passèrent sans que
j'eusse à m'en ressentir , opérèrent une
grande révolution parmi mes camarades
de prison. Je séjournai assez long-temps
dans cette demeure pour y voir renou-
veler tous ses habitans. Un des voleurs
avec effraction (le rival du duc de Bed-
ford) et le faux monnayeur furent
pendus : deux autres furent condamnés

à la déportation, et le reste fut acquitté.
Les déportés restèrent avec nous, et
quoique la prison se trouvât ainsi allégée
par-là de neuf de ses pensionnaires, il
y avait au sémestre suivant des assises,
autant de personnes, à-peu-près, que
j'en avais trouvé en entrant.

Le soldat dont j'ai parlé vint à mourir,
le soir même de l'arrivée des juges, d'une
maladie causée par sa prison. Telle fut
la justice que trouva dans son pays un
être fait pour orner son siècle ; le plus
doux, le plus sensible des hommes,
celui dont les mœurs étaient les plus
simples et les plus aimables, dont la vie
était la plus pure ; il se nommait Brightwell. Si ma plume pouvait immortaliser
ce nom, je ne pourrais pas remplir de
tâche plus douce pour mon cœur. Il
avait le jugement sain et plein de pénétration, sans faiblesse ni confusion dans
les idées, et en même temps il régnait
dans toute sa personne une franchise si
naturelle et si confiante, qu'un obser-

vateur superficiel l'aurait jugé fait pour se laisser prendre au premier piége dressé contre lui. J'ai bien sujet de me rappeler sa mémoire avec affection. Il fut le plus chaud, je dirais presque, hélas! le dernier de mes amis, et à cet égard je ne fus pas en reste avec lui. Dans le fait, il y avait, si j'ose le dire, une grande conformité entre nos deux caractères, si ce n'est que je ne saurais prétendre l'égaler pour la capacité de son esprit, ni même me comparer à lui pour l'extrême pureté de sa conduite. Je lui racontai mon histoire, du moins ce que je crus pouvoir lui en apprendre; il l'écouta avec intérêt, il l'examina avec une véritable impartialité, et s'il conçut quelques doutes au premier moment, les fréquentes occasions qu'il eut de m'observer dans les instans où j'étais le moins sur mes gardes, lui apprirent bientôt à m'accorder une confiance sans réserve, et lui donnèrent une parfaite conviction de mon innocence.

Il parlait sans amertume de l'injustice dont nous étions victimes l'un et l'autre, et il prédisait qu'il viendrait un temps où la possibilité même d'une oppression aussi intolérable n'existerait plus ; mais c'était un bonheur, disait-il, réservé à la postérité ; nous ne pouvions pas espérer d'en jouir nous-mêmes. Il trouvait quelque consolation à penser qu'il n'y avait pas dans toute sa vie passée un moment dont il pût, d'après son jugement, désirer un meilleur emploi. Il pouvait dire avec autant de raison que beaucoup d'autres hommes qu'il avait rempli ses devoirs ; mais il prévoyait ne pas survivre à son infortune actuelle. C'étaient-là ses discours quand il avait encore toute sa présence d'esprit ; car on peut dire, dans un sens, que ses malheurs lui avaient fait perdre courage ; mais au moins, si on peut lui appliquer cette expression, il faut convenir que jamais désespoir ne fut plus calme ni plus résigné que le sien.

Dans tout le cours de ma vie je n'ai
pas éprouvé de choc plus douloureux
qu'à la mort de cet infortuné jeune
homme. Les circonstances de son sort se
présentèrent à mon esprit dans toute
leur complication de dureté et d'injustice. Après avoir chargé d'exécrations
tout gouvernement humain qui pouvait
être l'instrument d'un aussi abominable
forfait, je me reportai sur moi-même.
Je voyais d'un œil d'envie la fin de mon
ami Brightwell. Mille fois je désirai que
mon corps fut froid et insensible à la
place du sien; je n'étais conservé à la vie,
à ce que je me persuadais, que pour
endurer des maux inexprimables. Dans
peu de jours il aurait été acquitté, il aurait recouvré sa liberté, sa réputation;
peut-être que les hommes, touchés des
injustices qu'il avait eues à essuyer, se
seraient montrés empressés à réparer ses
infortunes, et à effacer jusques au souvenir de son traitement ignominieux.
Mais il venait de mourir, cet infortuné,

et moi je restais! Moi, victime d'une
iniquité non moins révoltante; mais qui
ne pouvais espérer de réparation, qui
étais marqué d'infamie pour toute la
durée de ma triste existence, et qui devais emporter en mourant le mépris et
l'exécration de mes semblables!

Telles furent en partie les premières
réflexions que me fit naître le sort de
ce martyr de nos barbares institutions.
D'un autre côté, cependant, mes relations avec le malheureux Brightwell ne
laissaient pas de m'avoir fourni quelques motifs de consolation. Je me disais:
« Il a vu au travers de ces voiles de ca-
» lomnie qui m'enveloppent; il a re-
» connu mon cœur, et m'a donné son
» amitié. Pourquoi désespérer? Ne pour-
» rai-je pas rencontrer par la suite des
» ames aussi libérales que la sienne qui
» me rendront justice et compatiront à
» mes malheurs? Que j'aie ce bonheur
» et je serai content. Je me réfugierai
» dans les bras de l'amitié, et j'y ou-

12*

» blierai la méchanceté des hommes,
» Je vivrai satisfait au sein d'une pai-
» sible obscurité, en cultivant les jouis-
» sances du cœur et de l'esprit, et en
» me livrant dans un petit cercle aux
» douceurs de la bienfaisance. » Ainsi
mon ame s'excitait au projet que j'allais
entreprendre.

Je n'eus pas plutôt conçu l'idée d'une
évasion, que pour m'en faciliter les
préparatifs, je me déterminai au plan
que voici. Je résolus de me mettre dans
les bonnes graces du concierge. Dans le
monde, en général, j'ai trouvé toutes
les personnes qui étaient au fait des dehors de mon histoire, disposées à ne me
regarder qu'avec une sorte de dégoût et
d'horreur qui les portait à me fuir,
comme si j'eusse été frappé de la peste. La
supposition que j'avais d'abord volé mon
maître, et qu'ensuite, pour me laver,
je l'avais accusé lui-même de suborna-
tion, me mettait dans une classe particulière et infiniment plus odieuse que les

criminels ordinaires. Mais cet homme-
ci était trop vieux routier dans sa profession pour entretenir de l'aversion
contre un de ses semblables pour de pareils motifs. Il considérait les personnes
commises à sa garde comme autant de
corps humains dont il était responsable,
et qu'il était tenu de représenter en temps
et lieu ; mais quant à la différence de
l'innocent et du coupable c'était une affaire qu'il jugeait au-dessous de son attention. Ainsi, en cherchant à me faire
bien venir de lui, je n'avais pas à lutter
contre ces préventions que j'ai trouvées,
dans une foule d'autres cas, si cruellement enracinées. Ajoutez que dans cette
circonstance j'avais encore pour moi
l'influence de ce même motif, quel qu'il
pût être, qui l'avait rendu si généreux
dans ses offres à mon égard.

Je lui parlai de mon talent pour la
menuiserie, et je m'offris de lui faire
une demi-douzaine de jolies chaises, s'il
voulait me procurer les moyens et les

outils nécessaires; car il ne fallait pas espérer, sans son consentement, de pouvoir exercer paisiblement une industrie de ce genre, quand même mon existence en eût entièrement dépendu. Il me regarda d'abord fixement, comme cherchant en lui-même ce que voulait dire cette nouvelle proposition; ensuite, prenant un air gracieux, il me dit qu'il était ravi de me voir ainsi m'humaniser un peu avec les gens, et qu'il verrait ce qu'il pouvait faire. Deux jours après il me signifia qu'il m'accordait ma demande. Il ajouta que quant au présent que je voulais lui faire, il n'avait rien à me dire là-dessus, que je ferais comme il me plairait; mais que je pouvais compter sur lui pour toutes les douceurs qu'il pourrait me procurer sans se compromettre, pourvu que quand il se montrerait civil envers moi je ne m'avisasse pas une seconde fois de le rebuter et de lui répondre par de mauvais propos.

Ce préliminaire ainsi gagné, j'amas-

sai successivement des outils de différentes espèces, tarières, perçoirs, ciseaux, etc. Aussitôt je me mis à l'ouvrage; les nuits étaient longues, mon
geolier, malgré son ostentation de générosité, était excessivement pressé. Je
sollicitai donc encore, et j'obtins un
bout de chandelle pour pouvoir m'amuser à travailler une heure ou deux, après
que j'étais enfermé dans mon cachot.
Néanmoins je ne travaillais pas constamment à l'ouvrage que j'avais entrepris,
et mon geolier laissait percer à tout moment des signes d'impatience. Peut-être
avait-il peur que je n'eusse pas le temps
de finir avant que d'aller au gibet. J'in-
sistai toutefois sur la liberté de travailler
à mon loisir et quand il me plairait, ce
qu'il n'osa pourtant pas me contester
expressément. Pour surcroît de bonne
fortune, je parvins à me procurer secrettement une forte pince, par le moyen
de miss Peggy, qui venait de temps en
temps à la geole examiner les prison-

niers, et qui paraissait m'avoir pris particulièrement en amitié.

Dans cette marche, il est facile de reconnaître comment le vice et la duplicité
naissent nécessairement de l'injustice. Je
ne sais si mes lecteurs me pardonneront
le profit peu délicat que je comptais
tirer de l'indulgence inexplicable de
mon geolier envers moi. Mais je ne dois
pas taire mes faiblesses ; c'est mon histoire et mon apologie que j'ai voulu
écrire ; et je ne me sentais pas préparé à
conserver dans ma conduite une franchise invariable, au prix du coup prématuré qui menaçait mon existence.

Mon plan était tout fait. Je pensai
qu'à l'aide de la pince il me serait aisé
de soulever sans beaucoup de bruit la
porte de mon cachot hors de ses gonds,
ou bien, qu'en cas de nécessité, je pourrais couper la place de la serrure. Cette
porte donnait dans un passage étroit, où
était d'un côté la file des cachots, et de
l'autre les logemens du geolier et des gui-

chetiers, au-delà desquels était l'entrée
ordinaire de la rue. Je n'osais pas tenter
cette sortie, de peur de réveiller les
personnes à la porte desquelles il m'aurait fallu nécessairement passer. Je me
déterminai donc à choisir la porte de
l'autre extrémité du passage, qui était
barricadée, qui donnait sur une espèce
de jardin appartenant au concierge. Je
n'étais jamais entré dans ce jardin, mais
j'avais eu occasion de le voir de la fenêtre de notre chambre commune qui
donnait de ce côté, la chambre même
étant immédiatement au-dessus des cachots. Je m'étais aperçu qu'il était borné
par un mur très-élevé qui terminait le
bâtiment de ce côté, à ce que j'avais
appris par mes camarades de prison, et
au-delà duquel était une ruelle assez
longue qui aboutissait à une des extré-
mités de la ville. Après avoir bien examiné le local, et avoir long-temps réfléchi sur ce sujet, il me sembla que si
une fois je pouvais gagner le jardin il

me serait facile, à l'aide de perçoirs et d'autres outils fichés à des distances convenables, de me faire une espèce d'échelle avec laquelle j'escaladerais le mur, et reprendrais bientôt possession de ma chère liberté. Je preferai ce mur à celui qui bornait immédiatement mon cachot, parce que celui-ci donnait sur une rue très-peuplée.

Je laissai écouler deux jours depuis le moment où j'eus tout-à-fait digéré mon plan; et puis, dans le milieu de la nuit, je commençai à me mettre à l'exécution. Je trouvai infiniment de difficulté à venir à bout de la première porte; mais enfin je surmontai cet obstacle. La seconde était fermée en dedans, ainsi il me fut très-facile d'en repousser les verroux. Mais la serrure qui en faisait dèslors la principale sûreté, et qui en conséquence était très-forte, fermait à double tour, et la clef était ôtée. J'essayai avec mon ciseau de repousser le pêne, mais vainement. Alors je me mis

à démonter les vis de la serrure, et étant
parvenu à l'enlever, la porte ne m'op-
posa plus de résistance.

Jusques-là mes tentatives avaient été
suivies du plus heureux succès; mais
tout près de la porte, de l'autre côté,
il y avait une loge avec un énorme
mâtin, dont je n'avais pas la moindre
connaissance. Quoique je prisse les plus
grandes précautions en marchant, néanmoins le chien m'entendit et se mit à
aboyer. Je fus extrêmement décon-
certé, mais je tâchai d'adoucir cet animal par des caresses et je réussis. Je revins alors sur mes pas le long du passage
pour écouter si le bruit du chien n'avait
pas réveillé quelqu'un, résolu, si cela
était, de rentrer dans mon cachot, et
de tâcher de remettre les choses dans
le premier état. Mais tout me parut parfaitement tranquille, ce qui m'encou-
ragea à poursuivre mon entreprise.

J'avais déjà gagné le mur, et j'étais
même monté presque à la moitié de sa

hauteur, quand j'entendis une voix qui
criait de la porte du jardin : *Holà !*
Qui est-là ? Qui a ouvert la porte ?
L'homme qui criait ne reçut point de
réponse, et la nuit était trop noire pour
qu'il pût distinguer les objets à une cer-
taine distance. En conséquence, à ce
que je m'imaginai, il retourna sur ses
pas pour prendre de la lumière. Pendant ce temps-là, le chien, qui com-
prit le ton sur lequel ces questions étaient
faites, recommença à aboyer plus fort
que jamais. Il n'y avait plus moyen de
songer à faire retraite, et je n'étais pas
sans espoir de pouvoir encore venir à
bout de mon dessein, et de franchir le
mur. Mais tandis que cet homme avait
été quérir sa lanterne, il en survint un
second, et comme pendant ce temps
j'avais atteint le sommet du mur, je me
trouvai dans le cas d'être aperçu de ce
dernier. Celui-ci, dès qu'il me vit,
poussa un grand cri et me lança une
énorme pierre qui me rasa de fort près.

Dans une situation aussi critique, je ne vis pas d'autre ressource que de me laisser aller de l'autre côté, sans prendre les précautions nécessaires, et dans ma chute je me démis presque la cheville du pied.

Il y avait dans le mur une porte dont je n'avais aucune connaissance, et au moyen de laquelle les deux hommes furent en un moment de l'autre côté avec la lanterne. Ils n'avaient pas autre chose à faire que de courir le long de la ruelle jusqu'à l'endroit par où j'étais descendu. Je voulus me relever; mais la douleur de ma chute était si vive, que je pouvais à peine me soutenir debout; et après m'être traîné l'espace de quelques pas, je sentis mon pied fléchir sous moi, et je retombai par terre. Il n'y avait plus de remède, et il fallut tranquillement me laisser reprendre.

———————

~~~~~~~~~~~~~~~~~~~~~~~~~~~~~~~~~

CHAPITRE XIV.

On me conduisit pour cette nuit dans la chambre du concierge, et les deux hommes y restèrent avec moi. On me fit mille questions, auxquelles je ne répondis guères, mais je me plaignis beaucoup de ma jambe. Je ne pus obtenir à cet égard aucune satisfaction, si ce n'est qu'on me dit : « Tenez-» vous en repos, mon gars ; allez, si » ce n'est que cela, nous vous don-» nerons un onguent pour vous guérir ; » nous y mettrons une bonne emplâtre » de fer. » Dans le fait, ils étaient de fort mauvaise humeur contre moi, pour avoir troublé leur sommeil et leur avoir causé tant d'embarras. Dès le matin ils me tinrent parole ; sans avoir égard à l'enflure excessive de ma jambe, ils me mirent les fers aux deux pieds, et m'attachèrent à un anneau sur le plancher

de mon cachot avec une chaîne fermée
d'un cadenat. Je leur fis de vives remontrances contre un pareil traitement ;
je leur dis que la loi n'avait pas encore
prononcé sur moi , et que parconsé-
quent, à ses yeux , j'étais réputé innocent. Mais ils me dirent de garder tout
ce verbiage pour d'autres , qu'ils sa-
vaient bien ce qu'ils faisaient , et qu'ils
étaient bons pour en répondre devant
toutes les cours de justice d'Angleterre.

La douleur que me causaient les fers
était insurmontable. J'essayai tous les
moyens pour me soulager , et même
pour dégager secrettement ma jambe ;
mais plus elle était enflée , moins la
chose devenait possible. Il fallut donc
me résoudre à endurer mon mal avec
patience ; mais plus il allait , plus il aug-
mentait. Après avoir laissé passer deux
jours et deux nuits dans cet état de souffrance, je suppliai le guichetier de me
faire venir le chirurgien habituel de la
prison , pour qu'il vît ma jambe, ne

doutant pas que si on la laissait sans y
rien faire, la gangrène ne vînt à s'y
mettre. Mais il me regarda d'un air insolent, en me disant : « Mort de ma
» vie! je voudrais le voir. La gangrène
» serait encore une trop belle mort pour
» un pareil vaurien! » J'avais déjà la
masse du sang allumée par la fièvre que
la douleur m'avait causée, ma patience
était tout-à-fait épuisée, et je fus assez
sot pour m'irriter au dernier point de
ces grossières impertinences. « M. le gui-
» chetier, lui dis-je , prenez-y garde.
» Il y a certaines choses qui sont per-
» mises aux gens de votre espèce, et
» d'autres qui ne le sont pas. Vous êtes
» ici pour veiller à ce que nous ne puis-
» sions nous échapper; mais il ne vous
» appartient pas de nous maltraiter par
» des injures. Si je n'étais pas enchaîné
» par terre, vous n'oseriez pas, sur les
» yeux de votre tête, me tenir un pa-
» reil langage; et vous pourriez vivre
» encore assez pour vous repentir de

» votre insolence, c'est moi qui vous
» le dis. »

Pendant que je parlais ainsi, cet
homme me considérait avec de grands
yeux. Il était si peu accoutumé à de pareilles réprimandes, qu'il pouvait à peine
en croire ses oreilles ; et le ton dont je
lui parlais était si ferme, qu'il parut oublier un moment que je n'avais pas la
liberté de me remuer. Mais aussitôt qu'il
eût le temps de se remettre, il ne daigna pas même se mettre en colère. Il me
regarda avec un sourire de mépris, et
puis, faisant claquer ses doigts devant
moi en signe de mocquerie, et tournant
sur son talon : « Bien dit, mon poulet,
» s'écria-t-il, chantez, chantez tout
» votre saoul ; prenez-garde seulement
» de vous étrangler ! » et il ferma la
porte sur moi, en contrefaisant la voix
de l'animal auquel il me comparait.

Cette réplique me rappela aussitôt à
moi-même, et me fit voir toute l'impuissance de mon ressentiment. Mais

s'il était venu à bout par-là de refroidir
mon accès de colère, les tortures de mon
corps étaient toujours de plus en plus
cruelles. Je me déterminai donc à tenter
un autre genre d'attaque. Le même guichetier revint au bout de quelques minutes, et comme il m'approchait pour
poser à terre quelque nourriture qu'il
avait apportée, je lui glissai un schelin
dans la main, en disant : « Mon cher ca-
» marade, pour l'amour de Dieu, appe-
» lez un chirurgien ; je suis sûr que
» vous ne voudrez pas me laisser périr
» faute de secours. » Le drôle mit le
schelin dans sa poche, me jeta un regard assez dur, et sortit en secouant la
tête et sans proférer une syllabe. Le
chirurgien parut aussitôt ; et trouvant la
partie malade fort enflammée, il indi-
qua les remèdes qu'il fallait appliquer,
et donna l'ordre exprès qu'on ne me
remît plus de fers à cette jambe pendant tout le temps de la cure. Il se passa
un mois entier avant que mon mal fût
parfaitement

parfaitement guéri, et que ma jambe
fût redevenue aussi ferme et aussi flexible que l'autre.

Je me trouvai, après cette tentative,
dans une situation totalement différente
de celle qui avait précédé. J'étais toute
la journée enchaîné dans mon cachot,
sans autre adoucissement à mon sort, si
ce n'est qu'on laissait la porte ouverte
quelques heures de l'après-midi, pendant lequel temps les prisonniers ve-
naient me voir et causer avec moi,
particulièrement un qui était, il est
vrai, bien loin de me tenir lieu de mon
pauvre ami Brightwell, mais qui avait
néanmoins d'excellentes qualités. Ce
n'était autre que ce même particulier
renvoyé il y avait quelques mois par
M. Falkland sur une accusation de
meurtre. Son courage était abattu ; le
chagrin et la misère l'avaient entièrement défiguré. C'était encore une victime innocente de nos institutions, un
homme plein de droiture et de bonté.

Il finit, je crois, par être acquitté, et il alla traîner par le monde, dans le malheur et l'obscurité, les restes de son existence. Mes travaux mécaniques avaient cessé ; toutes les nuits on faisait la recherche dans mon cachot, et on écartait de moi avec le plus grand soin toute espèce d'outil. La paille qu'on m'avait jusqu'alors accordée, m'avait été ôtée sous prétexte qu'elle était propre à cacher des objets défendus, et les seules commodités qu'on daigna me laisser étaient une chaise et une couverture.

J'entrevis au bout de peu de temps la perspective de quelque soulagement ; mais le mauvais sort qui me poursuivait fit évanouir cette faible espérance. Le concierge vint encore une fois me voir, avec cet air équivoque d'humanité si étranger à sa figure. Il feignit d'être surpris de me voir ainsi manquer de tout. Il me réprimanda fort sévèrement de la tentative que j'avais faite, et il observa qu'il fallait absolument renoncer dans son état à avoir de bons

procédés pour les gens , si , au bout du
compte , ils ne sentaient pas le bien
qu'on leur faisait. Que dans pareil cas
il y avait bien force de laisser aller le
cours de la justice, et qu'il serait fort
ridicule à moi de me plaindre si j'étais
jugé dans les formes , et que les choses
vinssent à tourner mal pour moi. Qu'il
cherchait tous les moyens de me faire
voir qu'il était mon ami, pourvu que
de mon côté . . . Il était au milieu de
cette circonlocution de son préambule
quand on l'appela pour quelque affaire
relative à son office. Je me mis alors à
méditer sur ces ouvertures, et quoique
je détestasse la source dont je les sup-
posais provenir, je ne pouvais cependant m'empêcher de songer jusqu'à quel
point il me serait possible d'en tirer parti
pour une nouvelle évasion. Mais mes
spéculations furent vaines de ce côté là.
Le concierge ne reparut pas du reste de
la journée, et le lendemain il survint un
incident qui mit fin à toutes les espé-

rances que je pouvais fonder sur ses
bonnes dispositions.

Quand un esprit actif s'est une fois attaché à une idée, il lui est difficile de se
décider à l'abandonner. J'avais étudié
mes chaînes pendant les douleurs ex-
trêmes que me causait la pression du fer
sur la cheville qui avait été foulée; et
quoique l'enflure et la sensibilité de la
partie malade eussent rendus imprati-
cables tous les efforts que j'avais tentés
pour me soulager, cependant mon attention tendue continuellement sur cet
objet m'avait fait acquérir un autre
avantage peut-être plus important en
lui-même. Pendant la nuit, mon cachot
était dans une obscurité complette, mais
quand la porte était ouverte, ce n'était
pas tout-à-fait la même chose. Il est vrai
que le passage sur lequel elle donnait
était si étroit, et la muraille vis-à-vis
était si proche qu'il ne pénétrait dans
ma niche qu'une faible et triste lueur,
même en plein midi, et quand la porte

était toute grande ouverte. Mais, après
deux ou trois semaines d'exercice, mes
yeux s'accommodèrent si bien aux circonstances, que j'appris à distinguer
jusqu'aux moindres objets. Un jour que
j'étais alternativement à méditer et à
examiner autour de moi, j'eus le bonheur d'apercevoir un clou enfoncé dans
la terre de mon plancher à peu de distance de moi. Je conçus aussitôt le désir
de me rendre possesseur de cet instrument; mais, de peur de surprise à cause
des gens qui passaient et repassaient continuellement, je me contentai pour le
moment d'observer bien exactement la
place où il était, afin de pouvoir le retrouver aisément dans l'obscurité. En
conséquence ma porte ne fut pas plutôt
fermée que je me saisis de ce nouveau trésor, et l'ayant façonné pour l'u-
sage que j'en voulais faire, je trouvai
que je pouvais, par son moyen, ouvrir
le cadenas qui me retenait à mon anneau sur le plancher. L'avantage que je
venais d'obtenir ne laissait pas que d'être

important; indépendamment du secours
dont il devait m'être pour mon grand
objet. Ma chaîne ne me laissait la liberté
de me mouvoir que de dix-huit pouces
environ, à droite et à gauche, et ayant
eu à supporter cette contrainte pendant
plusieurs semaines, la misérable consolation de pouvoir parcourir à mon aise,
dans toute son étendue, le trou dans lequel j'étais claque-muré, faisait sauter
mon cœur de joie. Cet événement avait
précédé de quelques jours la dernière
visite du concierge.

Depuis cette époque, j'avais eu constamment la coutume de me mettre en
liberté chaque nuit, et de ne replacer
les choses en leur premier état, que
lorsque je me réveillais le matin, ce qui
était le moment où le guichetier ne tar-
dait guères à paraître. La sécurité en-
gendre la négligence. Le matin qui sui-
vit ma conférence avec le geolier, soit
que j'eusse dormi plus tard qu'à l'ordinaire, soit que le guichetier eût fait sa
ronde plus matin, je ne fus réveillé que

par le bruit qu'il fit en ouvrant le cachot qui touchait au mien ; et avec
toute la diligence que je pus y mettre,
comme il me fallait tâtonner dans l'obscurité pour retrouver tous mes matériaux, je n'eus jamais le temps de rat-
tacher ma chaîne à l'anneau, avant le
moment où il entra comme de coutume
avec sa lanterne. Il fut extrêmement
surpris de me trouver détaché ; et appela
aussitôt le geolier en chef ; on me ques-
tionna sur les moyens que j'avais employés, et comme je vis bien que la
dissimulation ne servirait qu'à occa-
sionner des recherches plus exactes, et
une surveillance plus rigoureuse, je leur
déclarai la vérité. L'illustre personnage
qui avait le gouvernement de la place,
ne tint pas à cette dernière hardiesse de
ma part, et entra sérieusement en colère
contre moi. L'adresse et les belles paroles ne pouvoient plus servir à rien.
Avec des yeux enflammés de rage, il
s'écria qu'il était bien convaincu à présent, de la sottise qu'il y avait à montrer

de la bonne volonté à des vauriens comme moi qui étaient l'écume de la terre ; et que le diable l'étranglât, si jamais on l'y rattrapait ; que je l'en avais guéri pour jamais ; qu'il était étonné que les lois n'eussent pas établi quelque supplice particulier pour les voleurs qui cherchaient à tromper leurs geoliers ; que la potence était cent fois trop bonne pour moi !

Après avoir ainsi exhalé sa bile, il se mit à donner des ordres tels que les instigations réunies de la colère et de la crainte purent lui suggérer. On me changea de logement. Je fus conduit à une chambre qu'on nommait chambre *de la force*, dont la porte ouvrait dans le cachot du milieu. Elle était plus bas que terre comme tous les cachots, et située sous cette chambre commune dont j'ai déjà parlé. Elle était sombre et spacieuse. Il y avait plusieurs années qu'on n'en avait ouvert la porte ; l'air en était infect, et les murs couverts de moisi sures. J'eus comme auparavant les fers, le cadénas et la chaîne ; mais on y ajouta les menottes. Pour ma première provision, le geolier ne m'envoya qu'un morceau de pain noir et moisi, et un peu d'eau puante et bourbeuse. Je ne sais à la vérité, si je dois regarder ceci comme un acte gratuit de tyrannie du chef du geolier ; la loi ayant, dans sa sagesse, décrété que dans certains cas, l'eau qui serait fournie aux prisonniers, serait prise *dans l'égoût ou la mare la plus voisine de la geole* (1). Il fut ordonné de plus qu'un des guichetiers passerait la nuit dans le cachot ou cabinet qui formait une sorte d'antichambre de mon logement. Bien qu'on eût pourvu cette petite pièce de toutes les commodités convenables pour y recevoir un personnage d'une dignité si supérieure au malheureux qu'il était chargé de garder, il ne laissa pas de témoigner beaucoup

---

(1) En cas de *peine forte et dure*. Voyez les procès des criminels d'Etat, *vol. I, année* 1615.

13 *

de mécontentement d'une pareille mis-
sion ; mais il n'y avait pas d'alternative.

La nouvelle situation dans laquelle on
venait de me mettre , semblait la plus
fâcheuse qu'il fût possible d'imaginer ;
mais je ne me décourageai point. Il y
avait déjà quelque temps que j'avais appris à ne plus juger sur les apparences.
Le logement était sombre et mal sain ;
mais j'avais acquis le secret de braver
ces inconvéniens. Ma porte était fermée
continuellement ; et tout commerce avec
les autres prisonniers m'était interdit.
Mais s'il y a du plaisir à entretenir des
relations avec nos semblables , la solitude d'un autre côté ne laisse pas d'avoir
ses charmes. Nous pouvons y suivre sans
trouble le cours de nos pensées , et j'avais
mille moyens de chasser l'ennui par les
plus agréables rêveries. Outre cela , pour
quelqu'un qui méditait des projets de
la nature de ceux que je roulais dans
ma tête , la solitude a des avantages particuliers. A peine fus-je laissé à moi-

même, que je me mis à faire l'expérience d'une idée qui m'était venue pendant le temps qu'on m'attachait les menottes; et simplement avec mes dents, je me délivrai de cette entrave. Les heures auxquelles les geoliers me visitaient étaient fixes, et j'avais soin de me tenir sur mes gardes. Ajoutez à cela, que j'avais une fenêtre grillée fort étroite, près du plafond, de neuf pouces environ de hauteur perpendiculaire, et d'un pied et demi de large, qui, toute petite qu'elle était, me donnait beaucoup plus de jour que je n'avais été accoutumé d'en avoir pendant plusieurs semaines. Au moyen de cela, je ne me trouvais presque jamais dans une obscurité totale, et j'étais plus à l'abri des surprises que dans ma situation précédente. Toutes ces idées se présentèrent à moi aussitôt après mon entrée dans ma nouvelle demeure.

Il y avait très-peu de temps qu'on m'avait changé de local, lorsque je reçus une visite bien inattendue, celle de Thomas, ce domestique de M. Falkland,

dont j'ai déjà eu occasion de parler dans
le cours de mon histoire. Un des gens
de M. Forester était par hasard venu à
la ville de ma prison, peu de semaines
auparavant, dans le temps où j'étais in-
commodé de la blessure de ma chûte,
et il avait demandé à me voir. Le rapport qu'il avait fait de ma situation,
avait été pour Thomas une source de
mille sensations pénibles. La première
visite avait été une affaire de pure curiosité; mais Thomas n'était pas un domestique de la classe ordinaire. Il fut
singulièrement frappé de l'état où il me
vit. Quoique j'eusse alors l'esprit calme
et la santé passablement bonne, cependant je n'avais plus ce teint fleuri qu'il
m'avait vu; la vie dure que je menais,
et l'habitude du courage avait fait con-
tracter à mes traits une sorte de rudesse
bien différente de cette fraîcheur, et de
cette douceur de physionomie que j'a-
vais dans mes beaux jours. Les regards
de Thomas se portaient alternativement
sur ma figure, sur mes mains et sur mes

pieds; ensuite il poussa un profond soupir, et après une pause :

— « Bonté divine! » s'écria-t-il d'un
ton qui annonçait assez les sentimens de
commisération dont son cœur était plein;
« Est-ce bien vous ? »

— « Pourquoi, non, Thomas? Vous
» saviez bien que j'avais été envoyé en
» prison, n'est-ce pas ?

— » En prison! Et il faut que les
» gens qui sont en prison soient en-
» chaînés et garottés de cette façon-là?...
» Et où couchez-vous donc les nuits? »

— « Ici. »

— « Ici! Et il n'y a pas de lit! »

« — Non, Thomas, on ne me donne
» pas de lit. J'avais autrefois de la paille,
» mais on me l'a ôtée. »

— « Mais on vous débarrasse de tous
» ces fers pendant la nuit? »

— « Non; on me laisse pour dormir,
» précisément comme vous me voyez. »

— « Pour dormir! Bon dieu, je
» croyais que nous étions dans un pays
» de chrétiens; mais on n'aurait pas le

» cœur de traiter un chien de cette
» façon-là ? »

— « Il ne faut pas dire cela, Tho-
» mas. Ce sont des choses que le gou-
» vernement a réglées ainsi dans sa sa-
» gesse. »

— « Pardieu, j'ai été bien pris pour
» dupe, toujours ! Ils ne font que nous
» dire que c'est une si belle chose que
» d'être Anglais! avec leurs grands mots
» de *liberté*, de *propriété* et ce qui
» s'ensuit, je vois que tout cela, c'est
» autant de chansons. Seigneur dieu !
» Que nous sommes de vrais sots ! Voilà
» ce qui se passe pourtant sous notre
» nez, et nous n'en savons seulement
» rien, pendant qu'un tas de péda-
» gogues, avec un air capable, viennent
» nous jurer que ces choses-là n'arrivent
» jamais qu'en France et dans d'autres
» pays semblables! . . . Mais enfin, vous
» avez été jugé, n'est-ce pas ? »

— « Non. »

— « Et qu'est-ce que cela signifie
» donc d'être jugé, quand on com-

» mence d'abord par faire à un homme
» pis que de le pendre? Ma foi, tenez,
» maître Williams, vous avez été bien
» vicieux, il faut en convenir, et je
» crois, dieu me pardonne, que j'au-
» rais eu du plaisir à vous voir aller à
» la potence. Mais je ne sais comment
» cela se fait; avec le temps, le cœur
» se ramollit malgré qu'on en ait, et la
» pitié finit par prendre le dessus. Cela
» ne devrait pas être, j'en conviens;
» mais, diantre, quand je parlais de
» vous voir pendre, je n'entendais pas
» que vous auriez encore toutes ces
» choses-là à souffrir par-dessus le
» marché. »

Thomas me quitta aussitôt après cette
conversation. L'idée de la liaison qui
avait eu lieu si long-temps entre nos
familles, revenait à sa mémoire, et il
avait le cœur plus navré que moi-même
de mes souffrances. Je fus surpris de le
revoir dans l'après-midi. Il me dit que
je ne lui sortais pas de l'esprit, et qu'il
espérait que je ne serais pas fâché s'il

était revenu pour me dire adieu. Je crus voir qu'il avait quelque chose à me dire dont il ne savait comment se débarrasser. Chaque fois qu'il était venu, un des guichetiers l'avait accompagné, et n'avait pas quitté la chambre. Cependant je ne sais quelle affaire, un bruit, je crois, qu'on faisait dans le passage ayant excité la curiosité de notre argus, il s'avança jusques à la porte pour voir ce que c'était, et Thomas qui épiait le moment, me glissa dans la main un ciseau, une lime et une scie, en me disant d'un air affligé : « je sais bien que » je fais mal; mais si on me pend aussi, » je ne saurais qu'y faire; c'est plus fort » que moi. Pour l'amour de dieu, tirez- » vous d'ici; je ne peux pas y tenir » seulement que d'y penser... » Je reçus avec une grande joie son présent, que je serrai bien vîte dans mon sein, et au sitôt qu'il fut parti, je cachai le tout dans la paille de ma chaise. Pour lui, dès qu'il avait eu rempli l'objet de sa visite, il avait pris congé de moi.

Le lendemain, les geoliers, je ne sais pourquoi, mirent plus de soin que de coutume dans leurs perquisitions, disant, sans pourtant donner aucun motif de leurs soupçons, qu'ils étaient sûrs que j'avais en ma possession quelque instrument qui ne devrait pas y être; mais le lieu que j'avais choisi pour mon dépôt échappa à leur vigilance.

Depuis ce jour-là, je laissai passer la plus grande partie de la semaine, pour attendre un beau clair de lune. Il me fallait nécessairement travailler pendant la nuit, et il n'était pas moins indispensable que toutes mes opérations fussent consommées dans l'intervalle d'entre la dernière visite du soir de mes geoliers et la première du lendemain, c'est-à-dire, entre neuf heures du soir et sept du matin. Dans mon cachot je passais, comme je l'ai déjà dit, de quatorze à seize heures sur vingt-quatre, sans être dérangé; mais depuis que je m'étais acquis une réputation par mon industrie, on avait fait pour moi une exception aux règles générales de la prison.

Il était dix heures, quand je mis la main à l'œuvre pour ma grande entreprise. La chambre dans laquelle j'étais renfermé était assurée par une double porte. Cette précaution était absolument superflue, puisqu'il y avait un homme qui faisait sentinelle à l'extérieur ; mais elle était très-heureuse pour mon projet, parce que ces deux portes empêchaient la communication du bruit, et me garantissaient assez du danger d'être entendu, en prenant un peu de soin. Je commençai par me délivrer des menottes. Ensuite je me mis à limer mes fers, et en fis bientôt autant à trois des barreaux de fer qui défendaient ma fenêtre à laquelle je grimpai en partie par le moyen de ma chaise, et en partie à l'aide de quelques inégalités du mur. Tout ceci fut l'ouvrage de plus de deux heures. Quand les barreaux furent limés, il me fut aisé de les forcer un peu hors de la ligne perpendiculaire,

et de les tirer ensuite l'un après l'autre
de dedans le mur où ils n'étaient en-
foncés que d'environ trois pouces , et
où ils avaient été plantés tout droit sans
aucune autre précaution pour les assurer. Mais l'ouverture ne se trouva pas
assez large pour pouvoir passer mon
corps. Il fallut donc que je me misse ,
partie avec mon ciseau , partie avec un
des barreaux , à élargir la croisée en
démolissant la maçonnerie , et quand je
fus ainsi venu à bout de détacher quatre
ou cinq briques , je redescendis et les
entassai sur le plancher. Je répétai cette
opération trois ou quatre fois. Alors
l'espace se trouva assez grand pour mon
dessein , et m'étant glissé à travers l'ouverture , je m'avançai jusques sur une
espèce de hangard qui était en dehors.

Je me trouvais alors placé dans une
cour étroite entre deux murs , savoir
celui de la chambre commune des criminels , et le mur de clôture de la prison. Mais je n'avais pas , comme l'autre
fois , des instrumens pour m'aider à

escalader ce mur qui était d'une hauteur considérable. En conséquence il
n'y avait pour moi d'autre ressource
que celle de faire une brèche suffisante
dans le bas du mur qui ne laissait pas
d'être fort, étant de pierres à l'extérieur
et revêtu de briques en dedans. Les
chambres des prisonniers pour dettes
formaient angle droit avec le bâtiment
dont je venais de m'évader, et comme
la nuit était extrêmement éclairée, j'eus
un moment la crainte d'être découvert
par eux, particulièrement dans le cas
où j'aurais fait quelque bruit, plusieurs
de leurs croisées donnant sur cette cour.
Dans cet état, je me déterminai à me
servir du hangard, comme d'un abri
pour me cacher. Il était fermé à clef,
mais avec un des anneaux rompus de
mes fers que j'avais eu la précaution
de porter avec moi, je n'eus pas beaucoup de peine à ouvrir la serrure. Dès-
lors j'avais un moyen suffisant de me
mettre hors d'état d'être vu, pendant
que je travaillais à ma besogne, et le

seul inconvénient que je trouvais, c'é-
tait d'être obligé de laisser la porte que
j'avais forcée, un peu ouverte, pour
avoir de la clarté. Au bout de quelque
temps, j'étais déjà venu à bout de dé-
molir une partie assez considérable de
la couche de brique du mur ; mais
quand j'en vins à la pierre, l'entreprise
me parut infiniment plus difficile. Le
mortier qui liait la maçonnerie s'était
presque pétrifié par le laps du temps,
et il ne cédait pas plus à mes premiers
efforts, que n'eût fait un rocher du
diamant le plus dur. Il y avait déjà six
heures que j'étais à travailler sans relâche ; à la première tentative que je
fis contre ce nouvel obstacle, mon ciseau se brisa dans mes mains, et restant
ainsi entre la fatigue que j'avais déjà
endurée, et la difficulté invincible en
apparence qui se trouvait devant moi,
je conclus qu'il fallait m'arrêter où j'en
étais, et abandonner toute idée d'aller
plus loin. En même temps, la lune,
dont la lumière m'avait été d'un si

grand secours, vint à se coucher, et je demeurai dans une obscurité totale.

Toutefois après un répit de dix minutes, je revins à la charge avec une nouvelle vigueur. Il ne me fallut pas moins de deux heures pour pouvoir arracher la première pierre. En une heure de plus, l'ouverture fut assez grande pour me permettre le passage. Le tas de brique que j'avais laissé dans la chambre *de la force* était considérable, mais ce n'était rien en comparaison des décombres que j'avais abattus du mur extérieur de la prison. Je suis parfaitement sûr que l'ouvrage que j'avais fait, aurait été l'affaire de deux ou trois jours pour un ouvrier ordinaire qui aurait été muni de tous les outils convenables.

Mais les difficultés, au lieu d'être à leur fin, semblaient ne faire que commencer pour moi. Le jour vint à paraître avant que j'eusse achevé l'ouverture, et dans dix minutes encore les geoliers allaient vraisemblablement en-

trer dans ma prison, et apercevoir
tout le dégât que j'avais fait. La ruelle
qui joignait le côté de la prison par où
je m'étais échappé, avec la campagne
adjacente, était formée principalement
par deux murs de clôture, avec des
écuries de côté et d'autre, quelques ma-
gasins et un petit nombre de maisons
occupées par des gens de la dernière
classe du peuple. Je n'avais rien de
mieux à faire pour ma sûreté, que de
traverser la ville le plutôt possible et
de chercher mon salut en pleine campagne. J'avais les bras enflés et meurtris
par le travail, de manière à ne pouvoir
les endurer, et toutes mes forces étaient
épuisées. Je sentais l'impossibilité de
soutenir une course un peu rapide, et
quand je l'aurais pu, à quoi m'eût servi
toute ma vitesse, avec un ennemi qui
me serrait de si près ! Il me semblait
que je me retrouverais à-peu-près dans
la même situation où j'avais été cinq ou
six semaines auparavant, lorsqu'après
avoir achevé tout-à-fait mon évasion,

je m'étais vu obligé de me rendre sans résistance à ceux qui me poursuivaient. Je n'étais pas pourtant actuellement hors d'état de marcher comme alors ; il me restait encore quelque force à employer, sans pouvoir dire jusques où elle me mènerait ; enfin je sentais très-bien que si je venais à échouer une seconde fois dans mon dessein , la difficulté en augmenterait d'autant pour toutes les nouvelles tentatives que je voudrais faire par la suite. Telles furent les considérations qui se présentèrent à moi, sur les risques de mon évasion ; et quand même je serais venu à bout de surmonter tous ces obstacles , j'avais encore à compter parmi ceux qui me restaient à vaincre, le dénuement absolu de toute espèce de ressource, ne possédant pas un schelin dans le monde.

Fin du second Volume.

www.ingramcontent.com/pod-product-compliance
Lightning Source LLC
Chambersburg PA
CBHW050205030726
47505CB00005B/1526